Best Time

逐云
Take the clouds away

今天全没月光
著

长江出版社

目录

CONTENTS
Take the clouds away.

北京	康定
BEIJING	KANGDING

第一章
未西归 001

第二章
零点零五克 037

第三章
宴我以山青 065

第四章
逐 云 095

- 逐云计划 -
☑ 到处走走，认路。
☑ 去康楚家里做客。
☑ 听康楚用藏语念诗。
☐ 跟康楚逛市集。

第五章
云水皆为自由身 123

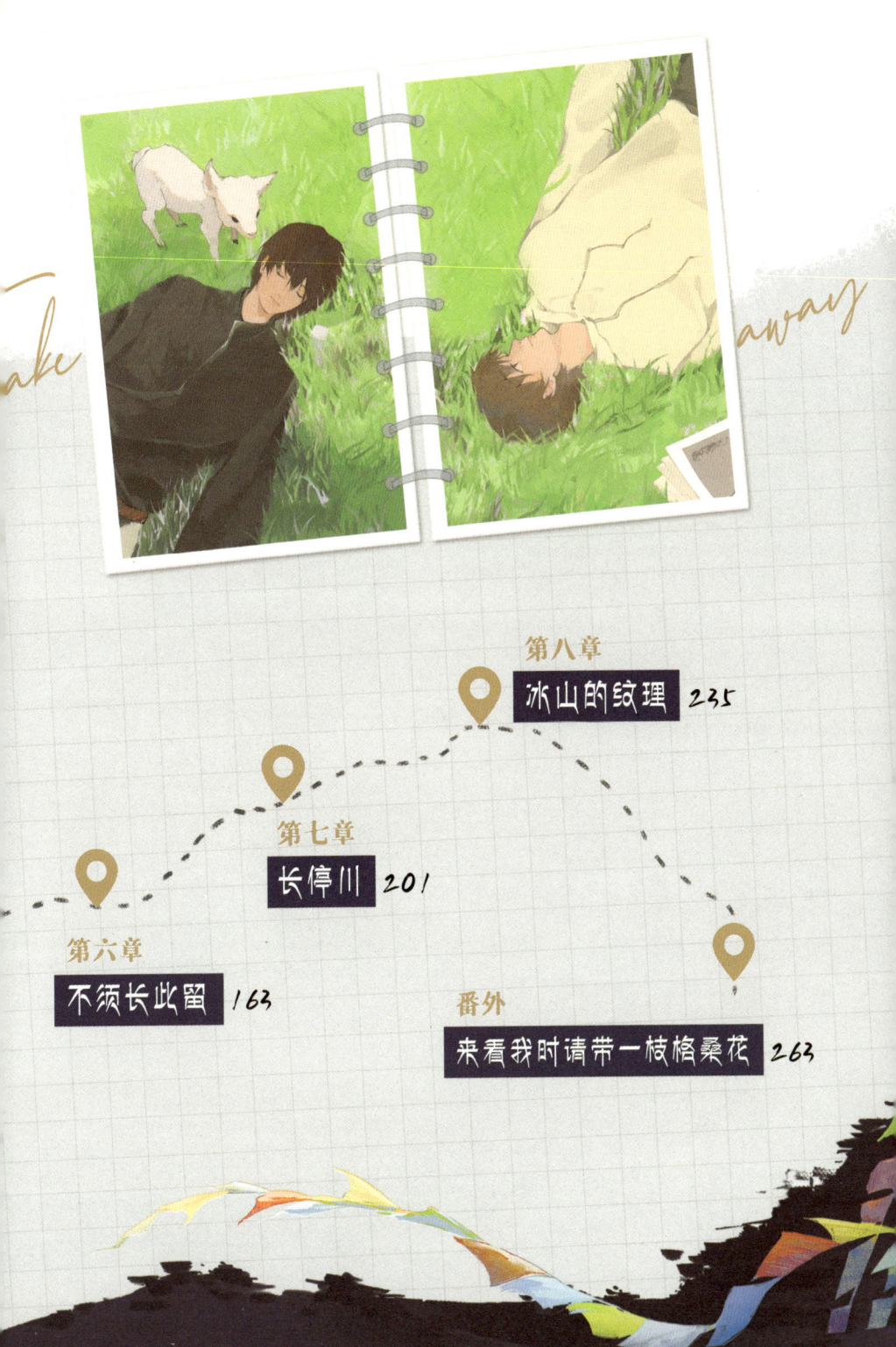

第八章 冰山的纹理 235

第七章 长停川 201

第六章 不须长此留 163

番外 来看我时请带一枝格桑花 263

康裕安静地站在落地窗前,他看起来真的如同神祇一样,笼罩在光影里。

一点也没有变。

他说再见，
还有祝你幸福、健康。

第一章　未西归

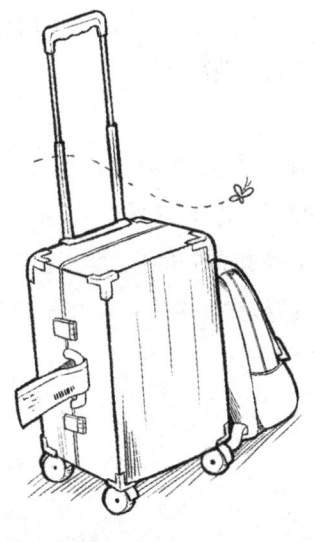

1

汤于彗下飞机之前，没想到自己会吐得这么厉害。

上周刚做出来甘孜的决定，在上飞机之前都是两眼一抹黑，连唯一一件厚一点的外套还是柯宁昨天晚上借给他的。柯宁说川西即使到了春天也很冷，让他尤其要小心，避免发烧感冒。

其实这件外套也不够厚，汤于彗在廊桥的时候就觉得冷了。他想起柯宁早上送他去机场时沉默地看着他，然后问："要不你现在去商店买一件羽绒服？"

汤于彗摇了摇头，他觉得在机场购买这样的必需品是一件很狼狈的事，会显得他欠缺考虑、毫无准备、无人关心，而且伤痕累累。

本来一件衣服不至于这样，可他冬季的御寒衣物全在寒假拿回了家。如果他能回家，那也不必来什么川西了。

攻略什么的自然都没做，汤于彗本来也不是来玩的，他甚至不记得自己怎么买的机票，为什么要来这里。

契机好像是他隐隐地记得有一个很长的假期。他把自己关在实验室里搜集数据，唯一的娱乐就是在晚饭的时候去蹭一会儿食堂的大电视看。那会儿电视总播放旅游频道，汤于彗就跟着看了好几期纪录片，有一期介绍四川的风景，拍得很好——画面里群山环绕，

湖光潋滟。

汤于彗食不下咽,吃得很慢。电视里传来介绍的声音:"四川省四季湿润,西部尤其美丽,水清山远,云很高、很厚。"

于是汤于彗在下定决心离开一段时间,盲目地选择目的地时,第一时间就想起了这里。

他从来没有去过家和学校以外的地方,地图上也只认得东面及偏北很小的一部分。

在候机的时候他看了看,自己要去的甘孜接壤西藏。康定的海拔不低,而稻城的海拔好像有五千多米。但汤于彗生于鱼米之乡,对高原毫无概念,便对自己的莽撞过度地宽容了。

航程不算太长,但汤于彗很困,他最近一直睡不醒,每一觉都像要长眠。

直到飞机进入四川境内,不知道在哪个区域颠簸了一下,他的头猛地砸在窗户上,这才清醒过来。

汤于彗低头一看,恰好就看见飞机平稳地掠过云海中央,机翼下能看见被云流环绕的雪山,自己正和这个银白色的飞行机器穿行在无数蓝白交间的雾块之间,一瞬间他以为到了天空的南极。

在气流层观赏了近一个小时的洁白云层后,汤于彗的眼睛被光线晃得发疼。

飞机落地后,他摇摇晃晃地拎着自己所有的行李——20寸的小登机箱,出了机场的大门。他才走了几步路就行动迟缓地踱回来,慢慢走进机场的厕所里,然后开始剧烈呕吐,吐得昏天黑地。

汤于彗头疼欲裂,他透过厕所的玻璃窗看到外面晴空万里,云一片一片地在如洗的蓝天上飘过。自己却在如此明艳的美景下缺氧缺得喘不上气来，而且耳朵"嗡嗡嗡"地响，眼前阵阵发黑。他差点以为自己要昏过去了。

他第一次离开平原，遭遇这种身体不适有点蒙。问机场的服务人员，漂亮的藏族姑娘一脸笑意地告诉他这是高原反应，语气揶揄地说"第一次来的人可能是会有这样的反应，实在难受了也可以去买药，或者去医院吸氧"。

汤于彗难受得脸色发白，但看所有目睹他惨状的人都带着一种善意的调笑，紧张感也减缓了一点。

汤于彗在机场门口坐了一会儿，但是身体的不适在几分钟后仍是毫无缓解，于是他只能改变自己原先的计划，也就是毫无计划——

他本来打算降落后便跟随人流离开机场，再随机应变地选择交通工具去他定了一个月的民宿客栈。

汤于彗暗暗地叹了口气，川西比他想象的还要偏一些，这里好像没有留给陌生的游客太多自我发挥的空间。

不比学校足球场大多少的机场建在真正的高坡上，一出门就是广阔的盘山公路，但车辆很少，十分钟才过去几辆，公共交通更是想都别想。

汤于彗拿出手机查了查，发现机场到市里有四十九千米，到他要去的镇上有四十八千米。

他一口气叹得更缺氧了。

机场门口倒是站了几个揽客的黑车司机，但是汤于彗听不懂他们的语言，不太敢坐。

这次航班的外地游客只有他一个人，其他人在下了飞机后早就

散得七七八八了，现在机场外面连个人影都看不见。

正午的太阳晒得汤于彗有点发蒙。

他突兀地想：自己为什么会在这里？

在铁了心又毫无计划地跑到这两千多千米外的陌生地方之前，汤于彗不知道挨了柯宁多少责备和抱怨，但他左耳进右耳出，无所畏惧。

此刻他站在如此强烈的紫外线也照不暖的一隅丘山下，呼吸着高原上稀薄而带着凉意的空气，终于觉得有一点点怕了。

他混混沌沌地在原地发了一会儿呆。黑车司机看他不走，也不搭话，就对着他笑了笑，然后站得远了一点和另一个开货车的藏族师傅说着他听不懂的语言，时不时还会爆发出不知是好还是坏的笑声。

汤于彗觉得有些不自在。虽然他觉得自己奇怪又扎眼，还呆愣着不走招人烦，但他莫名觉得司机师傅应该没有在说他的坏话。

尽管生理上的难受无法忽略，但汤于彗在下飞机的一瞬间就爱上了这个地方，一种空荡而自由的愉悦甚至比光线刺激更快地激起了他身体的战栗反应。

山确实挺高的，天空又厚又蓝，阳光晒得他眯缝着眼。他觉得很静。

汤于彗慢吞吞地摸出手机，翻了半天才找到自己的订单页面。

他这才看到自己订了一个月的民宿居然花了他六千多块钱，也才看清这家民宿的名字——风开四季。

唉。汤于彗在心里叹了口气，又贵又有点土。这是谁选的？柯宁还是自己，怎么毫无印象？应该是柯宁帮他找的吧，钱肯定是自己付的……因为要输密码……可他怎么一点也不记得了？

汤于彗愣愣地看了一会儿手机页面，然后翻到了最下面预留的民宿电话，慢吞吞地拨了过去。

电话响了好几声，汤于彗放平呼吸，他甚至觉得频率恒定的嘟嘟声在这里好像也变慢了。

"喂？你好？"

汤于彗一愣。接电话的是一个有点低沉的男声，听起来不太像是和蔼可亲的前台人员，汤于彗下意识地垂下头，对方耐心地等了几秒，他才慢吞吞地说："你好，我是订了你家民宿的客人……嗯……就是订了一个月的那个。我刚下飞机，有点不舒服，想请问一下，你们能来接我吗？"

对面的男声听起来稍微热情了一点，但是汤于彗觉得好像也就是从躺下到懒散地坐着那样的转变，不是真的带着高兴与欢迎的热情。

他听见对方平平淡淡地说："现在是淡季，你没有提前打电话，师傅都不愿意空车去接人。你要是不怕等的话，我来接你吧，就是得等一会儿，机场离镇上有四十多千米。"

"四十多千米……"尽管汤于彗已经知道了，但还是无意义地重复了一句。他听见这个低低的嗓音讲了这么长的一段话，感觉有一些怅然。他把耳朵靠近了听筒一些，很小声地问道，"多少钱啊？"

"三百块。"

汤于彗停了一下，其实他对价格也毫无概念，但还是下意识地说道："这么贵啊。"

但对方好像也没有留讲价空间的样子："嗯。你也可以坐机场

外面的黑车过来。藏族师傅之间都互相认识，不会半路丢下你。"

汤于彗沉默了一会儿，先是毫无意义地"哦"了一声，然后没说话，也没挂断，拿着手机又向着阳光看去。

他看到一朵巨大的云正从很远的山坡上飘过来，而自己的指尖已经被晒得发红了。形状各异的山陵在断断续续的云影下仿佛流动一样地起伏着。

汤于彗顿了顿说："嗯……那还是麻烦你来接我一下吧。"

2

汤于彗觉得自己既然要住那么久，还是要尽快和客栈的人熟悉起来。

而且住宿地方的人毕竟靠谱，刚刚那个声音听起来冷冷淡淡的男生还在挂电话前问了问汤于彗有没有厚衣服，在得到否定答案后让他进去机场里面等。

汤于彗不是很想回到密闭空间内，尽管外面的氧气稀薄得让他头晕，他还是愿意站在铺洒了高原紫外线的沥青公路边上。

刚刚想拉他走的黑车司机已经开车离开了，机场外面显得更是空旷，倒是那个被攀谈的货车司机下了车，慢慢地走过来。汤于彗有点紧张地看着对方在自己面前站定了。

他有一些怯，但也没有多么害怕，毕竟还是在白天的机场外面。

更重要的是他身体的一部分在拒绝对外界做出反应。他既不想动，也不太想说话。

然而这个皮肤被晒成酱红色的藏族司机好像也没有别的打算，看汤于彗露出紧张的样子，就带着善意露出了有点憨厚的笑容，用生涩的四川话讲了一个问句。

汤于彗没听懂，茫然地看着他。

司机露出费解的表情，又艰难地放慢了语速，一字一顿地说道："小，盆，有，泥一个人来耍的嗦，载等朋友撒？（小朋友，你一个人来耍的吗？在等朋友吗？）"

汤于彗这回听懂了，顿了一下说："不是，等接机的人。"想了想他又忍不住加了一句，"我不是小朋友，已经读研了。"

司机"哦"了一声，好像是没太听懂，他张了张嘴，像是想和汤于彗说话，但又是一副贫瘠的汉语词汇已经用完的样子。

汤于彗犹豫了一下，主动开口找了个话题："师傅，请问你们这里从新都桥镇上来接机，一般要多少钱？"

大概是钱和地名听得太多，司机师傅这句很快就听懂了："两北（两百）。"

说出来他怕汤于彗听不懂，还比了个"二"。

好吧。汤于彗心想，唉。

康赫骑着摩托车到机场的时候，一眼就看到有一个穿着灰色外套的男生站在机场外面的公路边上，连个遮挡物都没找，就那么愣愣地被强烈的紫外线"杀菌消毒"。

摩托车引擎的声音这么大他也没反应，专注地仰头盯着远处的一座山发呆。

康赫顺着男生的视线回了下头，没看到有什么特别的。

在盯什么？

看鸟、看山还是看云？

康赭把头转了回来，没勾起太大的好奇心。

他快步走到那个男生面前，刻意地让自己的语气里掺杂了合理的疑问："你好，你是汤于彗吗？"

然后他就看到那个男生慢吞吞地转过头来，睁大眼睛看着他，之后像是愣住了，没说话，站在原地不动。

认错了？不会吧？

康赭皱了下眉。走近了看，第一反应是这个人好白，然后才注意到这人的表情好像不太友善，一双很亮的眼睛下正闪动着不满的怒火。他观察了一下，好像还是对着自己的。

康赭：这是怎么回事？

汤于彗觉得很奇怪。来接机的这个男生长得很帅，是乍一见会让人眼前一亮的那种帅，但是一看就知道是藏族人。他汉语说得很好，甚至连一点四川的口音都没有。如果不是先打过电话听到声音，汤于彗绝对不会相信有那样低沉嗓音的人长了这样一张干净的脸。

男生的眉毛很浓，眼窝很深，鼻梁很高，轮廓分明，但是这样刻削似的五官没有让他带上深邃的年龄感。因为他的眼瞳颜色偏浅，还蒙了一层淡薄的光。巩膜都快要带上婴儿的蓝色了，却完全没有怜悯感。

男生的皮肤倒是常见的高原肤色，但是没有那种风吹日晒的沧桑感，而是黑得很健康，还有点精壮的漂亮。

最出乎他意料的是，男生笑起来居然还很阳光，有一颗小小的虎牙浅浅地抵在下唇上。

但汤于彗还是觉得莫名其妙，这个人不是已经明显确定自己就是要接的客人了吗？机场又没有别的人了，为什么还要用疑问的语气叫出他的名字？

这样的说话方式让汤于彗觉得有点不舒服，下意识地想回避这种斟酌过后的晦昧。但这还不是最重要的，汤于彗觉得让自己感到有一些生气的是，客栈的人居然坑自己家的客人，而且还是这么明显地坑，是把他当傻子吗？

按道理讲，如果自己坐黑车过去，绝对不会在机场傻傻地等这么久。为什么这里的人都不摸着良心计算一下时间成本？不打折就算了还坐地起价，这个人是怎么好意思多坑他一百块钱的？

好吧，汤于彗想，如果这都还在人生地不熟，尚可原谅的范围内，不宜计较，但当他看到那辆停在路边的摩托车的时候，他觉得自己已经连话都说不出来了。

男生熟练地用一只手提起他的箱子，把它稳稳地架在摩托车的尾部，用一根像是登山时用的延长带把它捆住了，然后长腿一跨就骑在了车上，递给汤于彗一个绑在车前端的头盔。

汤于彗难以置信道："你就用这个来接机啊？"

"嗯？"应该是带着的头盔阻隔了声音，男生像是没听清，顿了一下才漫不经心地笑了笑，"你有高原反应了吧？吹吹风会舒服一些。"

会吗？骗人的吧。汤于彗在心里默默地想。

说实话他现在都有点想买张机票回北京了，云也不看了，山也不爬了，雪山和草原在纪录片里也许和蔼可亲得多。

突然，汤于彗的怀里被塞进了一坨鼓鼓囊囊的东西。他一怔，低头一看，是一件黑色的羽绒服。

"你没带厚衣服吧？风大，穿上不冷。"

男生已经发动了车子，他说话的声音在轰鸣的引擎中显得不太清晰。

好吧，毕竟是自己叫的。汤于彗犹豫了一下，套上了羽绒服，慢吞吞地坐上了摩托车的后座。

他刚一坐下，摩托车就轰的一声冲了出去。

汤于彗差点就叫出来，幸好忍住了，但身体因为惯性猛地朝前方撞了一下，撞到了男生身上，硬邦邦的，汤于彗觉得肩膀和脸颊都有点疼。但男生毫无反应，而且说实话风太大了，讲话也听不清。汤于彗含含混混地说了一句"不好意思"，但他感觉自己都没听到。

摩托车真的挺快的。盘山公路弯道很多，但男生还是超了好几辆小汽车，汤于彗晃来晃去，不得已抱住了男生的腰，觉得自己又想吐了。

他一路都坐在飞车上，时常和跑到公路上踱步的牛擦身而过。一开始他还会吓一跳，但是看到漫山遍野的深绿草坪上站满了以诡异的角度慢行的牛羊，盯了一会儿后就什么也想不起来了。

因为摩托车速度很快，声音很响，汤于彗觉得自己好像乘着一艘快艇漂浮在云海之下，公路是水上的航道，轰鸣的风是溅起的浪花，云是粼粼流动的波纹，阳光透过玻璃一样的天空倾泻而下，很亮，但是并不暖和。

吹风治高原反应明显是这人胡诌的，狂风带来的畅快虽然能让人暂时忽略身体上的不适，但下车的时候汤于彗觉得头好像更疼了，像喘不上来气一样难受。

骑摩托车的男生看了他一眼，好像也没流露出太多愧疚，把他引到前台的小木桌前，登记后给他倒了一杯水，又递给他一粒白色的药片。

汤于彗皱了皱眉："这是什么？"

"红景天，"男生把药片塞到他的手心里，"不用担心，高原反应看起来吓人，但对年轻人影响不大，也就是不舒服一阵子。吃了以后如果还没好转，我再送你去医院吸氧。"

汤于彗心想：你既然知道我不舒服，不能把摩托车骑得慢一点，或者直接开辆车来？

他看见院子里停了好几辆小汽车，还有一辆面包车，都是本地的牌照。

两个人都沉默不语，汤于彗是难受得不想说话，而男生就是不言不语地站在那里。男生看了他一会儿，忽然笑了："你不是要在这里住一个月？第一天就难受成这样，要不要考虑买机票回去？"

汤于彗愣了一下，没有说话，瞬间就产生一种对方很恶劣的错觉。

两个反问句听起来带上了咄咄逼人的意味，偏偏男生笑得干净又清冽，好像一副关心客人身体健康的合理样子。但汤于彗一向敏感，总觉得对方是个神色漠然的旁观者。

他被对方一脸阳光的笑搞得莫名其妙，心想：你不是客栈里的伙计？这样主动搞砸一个月的订单不会被老板骂死？

汤于彗说："不用，缓一会儿就好了。不麻烦的话，能先带我去房间休息一会儿吗？"

这下男生没有再笑了,只是不再吭声地走过去,单手拎起汤于彗的箱子,把他带到木质的楼梯前,然后爬上二楼,在一个角落的房间前站定了。

汤于彗在头疼的间隙打量了一下这个客栈,不得不说柯宁确实还是认真了点,不是随便选的。

虽然是民宿,但客栈环境很好,中央有一个很大的花园,旁边有一块很小的区域搭了一个很不符合川西风格的葡萄架,刚长出嫩叶的藤条爬满了篱笆,奇异地在苍茫的环境中框出一些小清新的氛围来。

二楼的每个房间都有一个小阳台,房间的陈设质朴又干净,房间内充盈着一股干燥饱和的木头味。有一扇天窗斜斜地开在床的上方,推开窗就能看到远处的蓝天和盘在山上的白云。

汤于彗的心情在推开窗吹到自然风后稍微好了一些,他掏出钱包,想要给男生接机的钱。

"算了,"男生对汤于彗无所谓地笑了笑,"不欺负有高原反应的人。"

汤于彗还想再说话,但男生已经打算告辞了:"不舒服就多休息会儿吧,反正你住这么长时间。既然不着急,多休息休息也无所谓。"

说完他就放下箱子转身出去,还想帮汤于彗关上门。就在门缝快要合上的时候,男生突然顿了一下,像是终于想起了什么一样,又重新把门推开:"忘了说,我叫康赭。这家客栈是我阿爸阿妈开的,但最近客人不多,他们平时不怎么来,我也不怎么来。不过你住这么久,他们就让我住过来看着,有事可以打我电话,不是你今

013

天打的那个……"

康赪顿了一下，然后像是妥协了一样无奈地重新走进房间："算了，加个微信吧，有什么弄不明白的就问我。如果我很久没回，就打个语音过来。"

汤于彗还原地发蒙地站着，康赪已经拿出手机调到二维码页面："扫吧。"

汤于彗"哦"了一声，下意识地拿出手机扫了，在验证信息那里填了自己的名字发过去。

只听叮的一声，好友请求通过了。

康赪好像终于完成任务了一样，舒了一口气，草草地说了一句"嗯，那你先休息吧，有事找我就行"，然后门就被彻底关上了。

汤于彗结束了颠簸后就觉得有点困，但不太想睡，于是拿起手机无聊地瞪着页面看了一会儿。

新联系人的头像糊成一团，细看好像是只羊。这是羊屁股？还挺不正经的。

名字倒是挺有提神醒脑的功效：康巴小王子。

汤于彗站在原地，莫名其妙地痛心疾首了一会儿，想要改个备注。

可刚刚忘了问他是哪个"zhě"了，这个字当名字还挺少见的，很难猜啊。

汤于彗在输入法里看了半晌，然后随意地打了一个"康锗"上去，又感觉不是这个字。他强迫症发作，瞪着眼看了一会儿，又换回了质朴且"中二"的小王子。

算了，太扎眼了，估计自己也不会记错。

奇怪的是，换完备注后，头疼带来的倦意像是一瞬间就蔓延了过来。

汤于彗本来没想睡觉，但是困意突然排山倒海似的到来，他像撑不住了一样躺倒在洁白柔软的床上，慢慢地沉入了他离开北京来到这个遥远土地上的第一个梦乡。

在入睡前，汤于彗最后一个念头是：就这么在床上睡着了？刚刚的两小时内，我是不是没想起来难过？

3

汤于彗再次醒过来的时候，外面的天已经逐渐黑了下来，黄昏趋向暗淡，隐约可见几颗星星缀在天幕上。

他的头疼缓解了不少，不知道是因为睡够了还是那一粒红景天起了作用。

汤于彗花了好几秒才想起来自己在哪里，他坐起来发了一会儿呆，觉得有点热，低头一看，发现自己还穿着康赭的黑色羽绒服。

他愣了一下，下意识地把手指搭在了衣服的拉链上。

我居然就这样睡到了天黑？连外套都没有脱？汤于彗有点茫然。

怔了一会儿神，汤于彗起来洗了把脸，洗完之后就觉得有点饿，这才想起来自己从早上开始就什么都没有吃。

他看了看外面已经完全黑下来的天，有点犹豫，但还是打开房间的门走下了楼。

前台没有人，汤于彗正在犹豫要不要打电话，就看到后面的院子里隐约传来摇动的亮光。

康赭在院子里用柴火生了一个火堆，然后坐在旁边的木椅上，裹着个花纹复杂的红色毯子，支着个小木桌子玩游戏。

"起来了？"康赭眼角的余光里看到汤于彗慢吞吞地往这边走，顺口问了一句，但他的视线没有离开屏幕，也没有抬头。

"嗯……"汤于彗盯了盯他花花绿绿的电脑屏幕，没看出来这是哪款游戏。

他在原地犹豫了一会儿，还是道："请问……这附近有什么吃饭的地方吗？"

"嗯？"康赭放在鼠标上的手没停，汤于彗看出来他正进行到游戏的关键阶段，其实没太注意听自己说话。但对话总是要继续的，汤于彗感到有一些窘迫，心想：为什么这个人总是居高临下的样子，好像应对一切事情都能游刃有余。

又是一阵汤于彗听不懂的"噼里啪啦"的声音后，康赭好像轻微地"啧"了一声，然后一脸不高兴的样子关掉了游戏。

他的手离开鼠标，舒展肩部的时候手肘不小心碰到了在旁边围观了好久的汤于彗。

康赭顿了一下，然后道："你怎么在这里？"

汤于彗："……"

他茫然地道："我在跟你说话啊。"

"刚才吗？"康赭看起来比汤于彗还要无辜，"好像是感觉有人来了，但我没细想。不好意思啊，刚刚没有听进去，下次再这样你叫我就行了。"

汤于彗张了张嘴，还是觉得有点难以置信："所以你之前在无意识地和我对话吗？"

"不知道，"康赭又是那样，随意地笑了笑，"大概是吧。你刚才跟我说什么？"

当两个人都重新强调对话的场景时，有时其实很难恢复之前的那种流畅感。

莫名地，汤于彗突然不太好意思再问一次"有什么吃饭的地方"这样的问题，感觉有点傻，像个找食的小朋友。他觉得康赭大概会觉得好笑。

他换了一种说法，用了一种更圆滑的成人的方式："我刚刚问你，吃晚饭了吗？要不要一起？"

视线里，康赭翘着的嘴角弧度大了一点，好像看穿了汤于彗一样，帅气的脸上呈现出一个他看不懂的、英俊而平静的笑容。

汤于彗的心里莫名一跳，有点想往后退一步，然后他就听到康赭说："我吃过了啊。"

他"哦"了一声，也不知道该接什么话了。本来康赭无论回答什么他都可以自然地抛出"晚饭该去哪里吃"这个问题，但被这样笑着看着，他突然就有些说不下去了。

他终于知道，自己一直从康赭身上感受到的那种违和感到底是什么了——

这个男生太傲慢了。明明长得很英俊，笑起来眼睛还会弯成月牙的样子，露出小而尖的虎牙，干净又阳光，看起来不难相处。但细想，康赭从头到尾都没有流露过友好和善意的信号，他的笑意像一朵积雨的云，快快的，爬到眼角就迅速地散了，真正的神色里全

017

是漫不经心的倦怠和漠然。

汤于彗决定不再把对话进行下去,他打算回去再翻翻行李箱,柯宁也许帮他准备了些吃的放在里面。

现在已经很晚了,天黑成这个样子,外面一盏灯也看不见。汤于彗今天坐摩托车过来的时候连路都没有看清楚,他不是很想在这个两眼一抹黑的时候像傻子一样出去找东西吃。

他对着康赭点了点头,也无心再寒暄了,只简单地道:"那好吧,谢谢你今天的照顾,那我先回房间休息了,不打扰了。"

康赭淡淡地道:"不客气,晚安。"

汤于彗回到房间后,先是喝了一口装在背包里的果汁垫了垫肚子,然后深吸了一口气,把他一直刻意回避的行李箱拉到面前打开了——

箱子里码得很整齐,能看出来柯宁已经尽全力把他在宿舍最厚的衣服找出来都塞进去了,还有一些常用的洗漱用品,一双柔软的棉拖鞋,一个他去年生日的时候柯宁在电玩城给他抓的小羊娃娃,几本他放在桌上最常用的专业书。

汤于彗努力地在侧边的兜里翻了翻,没有吃的。

他叹了一口气,看着收拾得满满当当又整齐有序的箱子,甚至能想象出柯宁蹲在地上,一件一件帮他叠好衣服放进去的场景,眼睛突然就泛起一股酸意,顿时就不想再翻了。

汤于彗还记得昨天晚上,柯宁下自习回来,看到他还躺在床上发愣,闷闷地问了一句:"行李都收拾好了吗?"

自己好像摇了摇头,然后柯宁沉默了一会儿,把他的行李箱从床下拉出来,一件一件地帮他理好了行李。

早上醒过来的时候，汤于彗拿着身份证和钱包就打算走，柯宁顶着通红的眼眶堵在宿舍门口，把收拾好的行李箱递给他，还强硬地把电脑塞到他的背包里，送他到了机场，又在登机口前把自己的灰色外套脱下来递给了他，然后上前和他抱了一下。

柯宁用一种又慢又难过的语气说："汤汤，都会好的，早点回来，好吗？"

北京还带着浓重寒意的早春空气好像还在肺里怎么也排遣不出去，汤于彗恍惚地想，这不就是今天早上的事吗？怎么感觉已经离得这么远了。

算了，饿一天就饿一天吧，也不会怎么样。汤于彗放弃地想，明天早上再起来找吃的。虽然自己好像赶上了康定冷门得不能再冷门的淡季，但毕竟是个旅游地区，总有餐馆会营业吧。

汤于彗忍着饥饿又躺倒在了床上，没吃东西的他没有力气收拾自己。而且他记得柯宁叮嘱了好几回让他一定不要在来到高原后的第一天就淋浴洗澡，容易感冒生病，这在海拔高的地区会很麻烦。

可是下午刚睡了那么久，现在汤于彗简直毫无困意，他躺在床上，对着天花板愣了好几分钟，然后无声地笑了笑——

如果爸妈知道他这样不声不响地跑到两千多千米外，可能一点反应都没有。但要是知道他奔波了一天，连衣服都不换地直接躺在床上，大概会好几天不跟他说话吧。

对了……衣服……汤于彗这才发现自己刚刚想着把羽绒服脱下来还给康赭的，居然饿忘了……

他犹豫了一下，挣扎了一会儿，然后很坦然地自我放纵了。他实在不想再爬起来下一次楼了。

算了，刚刚康赭明明看见了也没管他要，汤于彗想，好冷啊，明天再说吧。

就在汤于彗对着天花板又干瞪眼了不知道多长时间后，敲门声突然响了。

康赭的声音从门外传来："你不会又睡了吧？"

汤于彗愣了一下，尽管很清醒，但他瞪天花板瞪得眼睛酸疼，所以躺在床上没动。但过了一会儿都没有听见脚步离开的声音，汤于彗只能莫名其妙地爬起来给康赭开门。

在赤脚踩在木地板上后，汤于彗才意识到现在房间内的温度有多低，而自己裹在羽绒服内，竟然也懒得盖上被子，好像都没察觉到晚上降温得有多厉害。

门被"吱呀"一声拉开，汤于彗看着站在门外的康赭，一下子愣住了。

康赭一手托着餐盘，上面放着一碗还冒着热气的汤面，另一只手撑在门框上，一脸平静："你再让我多吹一分钟风，我就真的懒得管了。"

汤于彗迅速地瞪大了眼睛，茫然地看着康赭自然地走进他的房间。

"跟人求助很难吗？"康赭把餐盘放在了桌子上，转过身来，平静地看着汤于彗，"好意思发出邀请，为什么不好意思问一个问题？"

汤于彗张着嘴，说不出话来。

"我也不是很会照顾人，所以有很多事情你要直说。否则以后就算我看出来了，也许我也会觉得你本人并不想接受帮助。"康赭

平平淡淡地道。

"对不……"汤于彗下意识地想要道歉。

"不需要道歉,"康赭和缓地打断了他,想了想后道,"我好像管得有点多了,其实不是指责你,只是要相处这么久,希望能够尽力地保持愉快。"

"好的。"汤于彗答道,但实际他在想,你这番话说得这么凉薄,一点也不像要好好相处的样子啊。

"那就好。"康赭道。

他终于把注意力收了回来,环顾了汤于彗的房间一圈,道:"这么冷,怎么不开电暖?"

汤于彗茫然地道:"哪里有电暖?"

康赭一言不发地把放在电视柜旁边,一个由一排白色瓷管组成的电器拉到汤于彗面前,安静了一会儿后说:"会插电吧?"

汤于彗沉默着,他这会儿才发现这个东西居然真的和暖气片长得一模一样,不知道自己为什么一直以为它是房间里的一排装饰物。

"你就这样睡一晚上,明天起来一定会发烧。"康赭道。

"不好意思,谢谢你。"汤于彗也不知道该说什么了。

康赭在原地看了他一会儿,突然问道:"可能听上去有点冒昧,但还是问一下,你是来这儿做什么的?"

汤于彗一愣,并不是因为这话里的唐突,而是因为康赭冷淡平和的语气——

他好像真的并不感兴趣,只是被汤于彗表现出的生活技能点亮了一点求知欲,但是这种好奇带着拒绝的味道,只不过是一种礼貌的提问。

汤于彗在原地想了好一会儿，从一堆狼狈难堪的理由里选了一个不那么难听的，慢吞吞地道："离家出走？"

他说出来的一瞬间就后悔了，好幼稚，这居然是不那么难听的理由？

康赭听完挑了挑眉，伸出手道："身份证再看一下。"

汤于彗想也没想，真的去背包里认真地找出来乖乖递给了他。

康赭对着证件看了一会儿，又比对了一下真人，然后翘起一边嘴角道："有可能。"

汤于彗无言以对。

康赭把身份证递还给他："不过确实比我小了两岁，按理说你应该叫我哥。"

汤于彗张了张嘴，还没说出来话，康赭就淡淡地续上前面的话："不过还是算了。如果叫不惯名字的话，叫我阿赭也可以，在这里大家都这样叫我。"

汤于彗再次无言以对，这次竟然生出了一丝淡然，感觉自己都快要习惯康赭的说话方式了。

在走之前，康赭帮汤于彗把电暖的插头插上了，好像真的担心他会半夜冻死。另外还把放在抽屉里的驱蚊器也顺便拿了出来，帮汤于彗插在了床头。

"面你趁热吃了吧，碗筷放在那里就行，明天顺便带下来。"康赭帮他调了调电暖温度后站了起来，"不过今天是例外。我不管你饭，给钱也不管，平时你要自己吃。明天早上先带你去吃早餐，后面你可以自己在镇子上转一转，先记个路。营业的馆子好像还有几家，客栈也有厨房，不过你要用的话要提前跟我说。"

康赭想了想，又补充道："另外明天你要自己洗碗。"

汤于彗点了点头，尽力冲康赭露出了今天第一个发自内心的友好笑容："嗯，我知道了，谢谢你。"

说完他突然想起了一件事，用手摩挲了一下身上的黑色羽绒服，犹疑着道："外套……"

"你穿着吧，我看你一件厚衣服也没带。"康赭顿了一下，然后短促地笑了，"嗯，现在是真的相信你是离家出走了。"

汤于彗沉默，怀疑康赭在内涵他，又无法反驳。

"你要去市里买点东西也行，你的行李太少了，"康赭想了想，"不过康定也就是个小县城，买不到什么好的，但你想去的话下次我可以送你。"

汤于彗点了点头，更加郑重地又道了一次谢："嗯，麻烦你了，谢谢你。"

康赭在心里无声地叹了口气，这个人真是从一而终地用一种礼貌的纯真客气着啊，连自己都不好意思再说什么了。

"那你早点休息吧，明天叫你吃早饭。"

汤于彗说"好的"。

康赭刚退出去打算离开，又听到后面传来细小而犹豫的声音——

"嗯……不好意思，还是想问一下，"汤于彗踟蹰着道，"你的名字是哪一个'zhě'啊？"

康赭顿了顿，第一反应竟然是有一种好笑的无奈。

他冷淡地想：问这个干吗？萍水相逢的人，还要做朋友吗？但他还是耐着性子解释了一下:"赤色的那个'赭',赤、者,红土的颜色。"

康赭下楼离开后,汤于彗把手机拿出来,手指在屏幕上悬了半天,不知道为什么还是没把备注改了,莫名其妙地保留了那个很好笑的昵称。

他对着桌上的面碗发了一小会儿呆,然后才端起来,慢吞吞地把它吃光了。

4

汤于彗昨天白天睡得昏天黑地,所以觉少,第二天起得很早,还没等康赭叫他,他就自己端着碗下了楼,进了厨房把东西都洗干净了。

等康赭打着哈欠出现在院子里的时候,就看到汤于彗已经收拾得干干净净的,正站在石墙那边,逗一只被拴在山茶树旁边的小黑羊。

康赭边揉眼睛边走过去,打开院子里的水龙头,用手拢了一把清水扑在自己的脸上后随意地抹了一把,对着汤于彗道:"起这么早?怎么不去跟你的同类玩?"

"嗯,什么?"汤于彗没听懂,但他下意识地转过头来,看着康赭站在院子里洗漱的这一幕。

今天是个晴天,暖洋洋的晨光已经铺满了整个院子,被扬起的水珠有的从康赭的皮肤上弹开,有的从他的手心中洒落。它们正好折射了饱满的金色光线,像碎了满地的钻石和金子,噼里啪啦地落

在康赭的脚边。

汤于彗刚刚过来的时候还想用院子里的水龙头冲个手,但水一下子喷出来的时候,冰得他差点叫出来。

康赭轻松地把水龙头拧了回去,对着汤于彗道:"这是溪水,现在雪还没化完,有一些冷,但是是可以直接喝的,挺甜。不过你体质不好,还是不要喝生水了。"

汤于彗"哦"了一声,心想:反正也不让我喝,干吗要告诉我很甜?而且刚才那句话到底什么意思?

他默默地跟在康赭后面走了几步,猛地转头,想起自己刚刚逗的那只小黑羊后面,还有一个棚子圈住了好几只白色的小羊。但它们明显没有小黑羊自由,现在都挤在小羊圈里,拙嫩又无邪地看着他。

它们不像昨天在山坡上放养的那些波尔山羊一样显得脏兮兮的,这几只小羊的毛雪白又干净,像温柔又无害的绒毯。

汤于彗和它们对视的时候,发现它们还茫然又无辜地冲自己"咩"了几声。

汤于彗:"……"

他走了下神,想起那个被柯宁塞到行李箱最内侧、差点被压扁了的小羊娃娃。

去年他研二的时候,导师带的一个项目在大赛上获了国际奖,整个组的人都去庆祝吃饭,老师喝了一杯酒就走了,几个师兄、师姐也借口有事先告辞,柯宁忙带着他蹭了一个师姐的车离开聚餐地,到了最近的一个商场。

汤于彗问他干什么。柯宁说不想带师弟、师妹玩,跟小孩子混在一起没意思,让汤于彗陪他去抓娃娃。

汤于彗觉得这段话的前后部分根本就是互斥的。

他在游戏厅里待了很久,实际技术明显低于吹嘘水平的柯宁才终于从娃娃机里抓出来一只卖相欠佳的小羊。

小羊的耳朵耷拉下来,边缘有些脏了,鼻头上有磨损的痕迹,看起来有点旧,眼睛却又大又亮。

最重要的是它雪白的毛看起来暖乎乎的。汤于彗没忍住摸了一把,还挺软的,他想如果云要是固体,应该就是这种触觉吧。

汤于彗正琢磨着自己要不要也试试抓一只,这只小羊就被柯宁塞进了他的怀里——

"生日快乐,汤汤。"

记忆里的柯宁笑得露出了酒窝:"我还记得哦。不过你好像也不过生日的吧?本来没打算送你礼物,但它长得也太像你了吧。"

像吗?汤于彗跟在康赫的后面边走边想,他感觉一个男人被说像这种温顺的动物好像不算夸奖。是因为自己太慢了吗?

汤于彗想:可是羊都很笨,但我很聪明啊!

"琢磨什么呢?问你话呢。"

走在前面的康赫突然停了下来,汤于彗正想得入神,一下子撞到他的背上,额头一声闷响,顿时眼冒金星。

康赫叹了口气转过来,说:"你到底成年没有?身份证偷的你哥哥的吧?"

汤于彗郁闷地揉了揉额头:"没有,我真的快二十四岁了,今年都该……"

他停了一下,声音顿时小了很多:"今年本来都该……研究生

毕业了。"

康赭看了他一眼,没说什么,有点讶异地道:"你成绩这么好啊,还能读研究生,我以为你就是个小少爷。"

我是啊。汤于彗叹了口气。

一句话三个分句,康赭全都说对了。但是就十几个字,这个人是如何如此精准地全部打击到自己的痛点上的?

汤于彗发现自己每次和康赭说完话情绪都会莫名地烦闷很多,尽管才认识,但他真的觉得自己可能和这个人八字不合,无法好好相处。

汤于彗不太成熟地转移了话题:"嗯……差不多吧。你刚才问我什么?"

好在康赭很配合:"问你早上想吃什么。"

汤于彗这下真的有些惊讶了:"还可以选吗?"

他以为康赭早就决定好了,但康赭却弯起眼角,好像和他开起了玩笑:"不要看不起穷乡僻壤好不好,虽然没有美式早餐和欧洲红茶,但你早上还是可以选吃面还是吃馒头的。"

提到面,汤于彗就想起昨天晚上还残余的尴尬和不自在,他忙道:"吃馒头吧,我现在不是很饿。"

康赭当然是怎么样都无所谓:"那好吧。"

汤于彗早餐吃了两个白面馒头,喝了一碗羊肉汤。康赭还给他拿来两个藏族口味的酥油包子,又香又绵又甜,但汤于彗吃了一个就动不了筷子了。康赭看他实在是吃不下了,才从他碗里挑了一个走。

"不要剩下食物。"康赭边咬着包子边小声道,"藏民大多都待客热情，多吉大叔看你是汉族人，这两个酥油包子是专门拿出来送你的，早点摊不卖，一般都是他家里自己做了吃的。"

康赫也撑得够呛，勉强咽了下去，又喝了口羊肉汤："你要是剩下了，他们会觉得你是不喜欢。自己点的食物就算了，还是尽量多吃点吧。"

汤于彗觉得羊肉汤都撑到了喉咙口，说不出话，只能认真地点了点头。

出了早点摊，汤于彗又看到了昨天的那辆摩托车，他脚步一顿——

早上他们不是走路过来的吗？康赫到底是什么时候把车停在这里的？

康赫并不关心他内心对于交通工具移动的微词，径直往停车的地方走去，跨上车发动引擎后对汤于彗挥了挥手："你今天先自己玩吧，我有事先走了，晚上再见。"

说完他就骑着声音很响的摩托车轰隆隆地走了。

康赫一走，汤于彗顿时不知道干什么了。他下意识地就要掏出手机看项目日程的备忘录，突然想起已经没必要了。

汤于彗闷闷地把手机关机，努力地回想——昨天晚上康赫说要他今天干什么来着？

哦，对了，认路。

那我就去认认路吧……汤于彗做好打算。

汤于彗花了一整天来熟悉附近的地形，也就是认路。

新都桥确实是一个小镇，但是没有人会在马路上晃上一天。

苍茫悠长的318国道上，汤于彗慢吞吞地走了一上午，好几次差点和过马路的牛相撞，却没撞见另外一个步行的游客。

他感觉越走越热，但好像又不想停下来。

下午两点多的时候，汤于彗终于精疲力竭，在一个街边的小店随便点了个牛肉小汤锅，吃完后又开始漫无目的地往回走。

其间有好几辆车停下来问他要不要搭车，是不是去稻城、西藏，还对他的徒步竖起了大拇指。汤于彗连解释的力气都没有了，只是摇着头说"谢谢，不用了"。

早上在早点摊闲聊的时候，康赭告诉他，甘孜每年十月就开始下雪，要到次年五月才转暖。他现在过来，积雪化了大部分，但天气还带着凉意，花又没开，正是要什么没什么的时候。

但汤于彗并不觉得自己来错了时节。

不是旺季，游客很少很少。

他走了一天，看见化雪的小河沿着公路静静地流淌下去，看见草原上冒出了稀疏的黄色小花，看见山坡上牧满了悠闲地吃着草的牛群、羊群。

一匹绛色的马被拴在一座小山丘上的白塔旁边，一个藏族姑娘打了一桶水正给它刷毛。

许多成片的经幡绑在路边，风把它们吹得"呼呼"飞扬，像展动五色的翅膀要朝着连通天堂的神山飞去。

一朵云则花了很长很长的时间跟着他，酝酿着纯白的睡意，枕过了一个又一个山坡。

走回客栈的时候，汤于彗觉得自己的脚都麻了，头也晒得发晕，但是心情明媚，感觉明天可以再走一遍。

康赭回到客栈的时候，就看到这个昨天还白白嫩嫩的小少爷坐

029

在院子里，鼻头晒得发红，心不在焉地在吊椅上晃来晃去，对着远处的落日发呆。

他裸露在外的脸部皮肤迅速地变黑了，虽然还是偏白，但已经明显比早上黑了好几个度，鼻子那里都被晒脱皮了。

康赭："……"

"你今天干什么去了？没有高原反应吗？"康赭问道。

汤于彗慢吞吞地抬起头，然后又摇了摇，先回答了康赭的第二个问题，然后他想了一会儿，不太确定地回答了第一个问题："你不是让我去认路吗？"

康赭算是服了。

"你没有涂防晒吗？在外面走了一天？"康赭带着一点不可思议，"明天你洗脸的时候鼻子那块得疼死，到时候你就知道了。我去我阿妈那里给你拿一管芦荟胶吧。"

汤于彗"哦"了一声。

康赭感觉他神游天外，可能都没有听进去自己说了什么。

过了几秒，汤于彗又慢吞吞地问："你吃晚饭了吗？"

康赭："……"

其实他没有吃，但他不想再和汤于彗对话，也不想和汤于彗一起吃晚饭，就点了点头。

康赭心想：算了，等会儿去家里蹭一顿。

汤于彗目送他又骑着摩托车出门去，然后目光短暂地停留了一会儿，继而又看着远方被彤云笼盖的山峦了。

从头到尾，他的屁股都没有从那架吊椅上移开过。

轰隆的声音越来越远,康赭骑在摩托车上,有点头疼。

感觉今年的春天真的给他送来了一个大麻烦。

5

汤于彗都快在椅子上睡着了,康赭才骑着他的摩托车踩着夜色回来。

一支绿色的管状物体被扔到汤于彗的身上,康赭指了指自己的鼻子说:"洗完脸后涂在晒伤的地方,不见得不疼,但好得快一点。"

汤于彗"哦"了一声,拿起来端详了一会儿,发了很久呆才迟钝地说:"谢谢。"

"嗯。"康赭看他神魂还没有归位,也不打算跟他闲聊,将摩托车停好后就往后院走去。

汤于彗看到康赭越走越远的身影,突然意识到四周马上又要回归无人的静籁,顿时心慌得彻底醒了。

他刚刚无聊地算了算,加上点菜,今天离开康赭后,自己说过的话都没有超过五句。

而今夜的星空很美,他在下面坐了很久,觉得有一丝难过。

汤于彗突然很不想回到那种孤独里,他鼓起勇气,很难得地主动叫住了在场唯一可以说话的人。

他自以为很好地开了一个寒暄的头:"康赭,你今天去哪里了呀?"

康赭往回走的脚步一顿,顿时心里就涌上一股几乎是生理性的不耐烦。

他最厌烦店里的客人找他陪聊，旺季的时候他宁可天天到山坡上去放羊喂马，也不想到客栈里吹空调，应对没完没了的游客。

他知道自己一向都在默然地散发"我不想搭理你""没事别烦我"的信号，这种神色他最擅长。像汤于彗这种又乖又敏感的人不可能没看出来。

大概真的有点可怜吧，康赭想，汤于彗二十四小时一大半时间都魂不守舍，等人或不等人的时候都在发呆，出门就像安静地出走一样，在太阳下一走就是一整天，天天都在和世界告别。

既然还在读书，也不是出于工作目的，更不像个文艺青年，汤于彗一定是碰到了什么事，才会来川藏待这么长的时间。

很典型，这一点不难猜。

康赭无所谓，反正汤于彗现在还没有表现出倾诉欲，这样他就很满意了。麻烦的事他一向能不问就不问，没兴趣看别人的伤口。他不关心，也不爱听故事。

康赭漠然地回过头，刚想敷衍几句回去睡觉，转过身后却突然一顿。

如果要康赭说，就是汤于彗长了一双很适合在这个社会生存的、具有欺骗性的眼睛。他的瞳仁很亮很大，永远带着光，不开心的时候像蓄了一汪伤心的苦水。

他鼻头的红还没有褪下去，可能是在外面坐得太久，盯着康赭的时候还打了个喷嚏。他不开心地皱了皱鼻子，顿时像哭过一样，看上去更可怜了。

好吧，康赭叹了口气。

他好久没回家，今天一回去就被阿爸拖着念了一个小时的经，还在佛堂前跪了一会儿。

今天刚讲了善，也许是要他做好事吧。

康赫回到大厅里，拿了一个小凳子，又把自己烤火时常裹的毯子拿出来，在汤于彗旁边坐下了。

汤于彗顿时就紧张起来，连忙道："啊……你不用……我没有麻烦你跟我聊天的意思。"

康赫想：算了吧，你一脸很需要人陪的样子。

他没有回答，反而直截了当地问汤于彗："你是不是每天都没什么事做？"

汤于彗一惊，随后沉默了一会儿，然后才缓缓道："……嗯。"

康赫神色漠然："你不是学生吗？这样'跑路'几个月没事？"

又是一阵沉默，汤于彗捏了捏掌心："……现在，我暂时休学了……"

哦，就是这个了。

康赫的脑海内无情地响起"bingo"的声音，他觉得汤于彗真的太好猜了，这真的快二十四岁了？

他开始合理地推测——

汤于彗提到休学是一种难堪的反应，那应该不是身体的原因，也许是社会关系处理失败。一个人跑出来，没有家人陪，整整两天一个电话也没有，家庭情况大概也很复杂。

康赫漫不经心地抽出一点思绪，花了十几秒分析了一下现在的情况，巧妙地避开了"学校"和"家庭"两个关键词，没再继续深问，而是随口对汤于彗道："有做旅行计划吗？"

"……"

"下一站打算去哪儿?"

"……"

"待三十天,你都打算怎么过?"

"……"

"什么时候回去?"

"……"

康赭的问题一个比一个简单,但汤于彗一个都答不上来。

那种难堪的感觉又出现了,汤于彗毫无道理地想,为什么自己总是被康赭坦荡又冷漠地逼成这个样子。本来他以为自己已经能够慢慢接受被人看到不好的一面,但还是很抗拒让康赭看出来自己的狼狈。

"好吧,"康赭也没继续问,而是平静地道,"那你确实很厉害。"

汤于彗一愣,像听不懂一样地看着他。

"很多喜欢出来玩的人其实会有一种惯常的优越感,好像生活在别处比生活在柴米油盐中高贵一点。旅行就算不是为了炫耀,也难免想从自然中得到一点什么,或者是阅历,或者是感想,或者就是快乐吧。

"你不怕浪费钱,不怕浪费时间,就这样一件厚外套都没带,也不知道自己有没有高原反应就跑到川西来,我说一句'你不怕浪费生命'也不算过分。

"但这样你也没有什么想要的,不要求风景回报什么,无所谓去哪里,看到、看不到什么都没什么影响。你连快乐都不图,这不是人世间最有性格的活法了吗?"

说完这一大段话,康赭趁着汤于彗还蒙着,缓缓地站了起来,拍了拍飞扬到身上的烟灰，对汤于彗道："最近我朋友在塔公草原那边筹办赛马节，我白天去帮他跑马，你要是不知道干什么，明天可以来找我，记得多擦点防晒霜。"

康赭说完也不听汤于彗的回答，好像很怕他拉着自己倾诉一样，头也不回地往后院走，留下汤于彗一个人在星空下思考人生。

汤于彗被他说得愣愣的，出神地看着璀璨的星河想：我什么都不图，连快乐也不要吗？

康赭边往回走边思考，刚刚是不是诓得太过了，他不会真的全信了吧？

想着想着他就无所谓地笑了。

他之前在西藏流浪了很长一段时间，在拉萨那边帮人解佛，师父一句就能解开的话，康赭可以诌出一大堆。

久而久之，开惑的哲理张口就来。

偏偏游客都喜欢找他聊天，显然是没看出来他心不静，也没什么大智慧。

不过康赭想，这也是另一种程度的修行。

世人都爱听似是而非的糊涂话，酒满半杯最香，月笼一半最美。

人人都想看清，却又不敢看清。

第二章 零点零五克

1

康赭说的话是对的。第二天起来洗脸的时候，汤于彗差点被晒脱了皮的鼻子疼出眼泪。

他看了一眼镜子，好吧，黑色素好像都蒸发了一样，隔了一夜他果然又白回来了，只是鼻子上还横着一道醒目的红痕。

汤于彗眼睛大，睡不太好眼眶边缘就会泛红。他看了一眼自己的脸，突然无比希望自己能晒黑一点，起码不要这么显嫩。难怪以前柯宁常和他开玩笑，说他每次熬夜盯实验，第二天早上看起来就像在外面哭了一晚上。

汤于彗觉得像康赭那样的皮肤就很好，虽然有些黑，但是很健康、很阳光。衬着英朗的面庞，康赭浑身上下透出一种冷硬的气质，一看就非常不好惹。

他乖乖地抹上了芦荟胶，又拿冷水泼了眼睛好几次后，终于感觉自己看起来好像正常了一些。

他推门出去，走到院子里。康赭正在打电话，说的是藏语。

汤于彗听不懂，无聊地看着他发呆。

康赭挂掉电话后，转过来时好像愣了一下，继而对汤于彗道："我说的没那么感人吧？你回去哭了一晚上？"

唉。汤于彗叹气。

汤于彗耐心地解释道："我没哭，我就是没睡好。"但碰巧这个时候他打了个哈欠，又揉了揉眼睛，揉完后吸了下鼻子。除了带着水汽的眼睛，脸除了白就是红，真是一分说服力都没有。

康赭："……"

好吧。康赭想了想道："你是不是晒不黑？"

汤于彗郁闷地道："很明显吗？你能看出来？"

"昨天看着还黑了一点，"康赭笑了下，"不知道是不是晚上的原因。"

"我就这样，"汤于彗道，"晒不黑，很快就白回来了。"

"嗯，晒不黑有晒不黑的好处。"康赭看了他一眼，"在群体里很容易被认出。"

汤于彗："啊？"

这又是在说什么乱七八糟听不懂的话。

康赭今天换了身衣服，没穿前两天那件很长的深蓝色羽绒服，而是换了黑色的冲锋衣和束脚运动裤，脚上踩了双系带到小腿的马丁靴。腿又长又直，像摄影杂志上的那些又野又冷淡的男模。

汤于彗看了看牌子，还挺贵的。

他想：康赭到底是干什么的？他真的很不像本地人啊。这真的是去骑马的？

汤于彗本来还蛮想看康赭穿藏服的样子，一定很好看吧。

康赭拿手掌在汤于彗面前晃了一下："发什么呆？骑马去吗？"

汤于彗回过了神，他觉得自己的声音里都带了好久都未听到过的朝气："去！"

一般来说，在川西旅游，去哪里都会选自驾当交通方式。

蜿蜒漫长的国道上，很久才能遇到另一个人，公路上有成群结队的牛、羊，汤于彗还见有人骑马而过。

他这次很自觉，没有头脑发蒙地说"要步行"，跟着康赭跨上了摩托车。

汤于彗犹豫了一下，用手虚虚地在康赭的腰腹上绕了一个圈，然后悬在半空。因为康赭告诉他很有可能会摔下去。

他还穿着康赭的羽绒服，三天没有换过了。

汤于彗想，他很喜欢这里，现在哪儿都不想去，不知道能不能向康赭再借几件衣服。

然而，虚虚悬着的手没过多久就因为颠簸无可奈何地落到实处，尽管隔着好几层面料，但他一瞬间觉得自己好像抱住了一段嶙峋的山脊。

康赭觉得腹部被他勒得有点疼，但想了想还是没说话。而且在这样的路上一开口就会灌一嘴风，停车和减速都很麻烦。

汤于彗要是有机会解释，一定会控诉自己的委屈——他完全是被动的！

康赭骑摩托车实在是太野了，像赶着去飞一样，常常贴着汽车、牛、防护栏和石头界碑的边就轰隆隆地冲过去。

汤于彗肾上腺素狂飙，吓得不行，既不好意思叫出来，又不敢喊停。

等康赭终于开到塔公草原的时候，汤于彗的头已经被大风吹蒙了。他觉得康赭简直比逐日的夸父还要厉害，巨人都是要去追赶太阳，而康赭把太阳丢在了后面。

草原的门口坐了一个皮肤黢黑的藏族小哥,他在收门票。汤于彗抬眼一望,眼前就是伸到云里的长梯。

塔公寺被成圈的塔林包围着,有一个身穿厚袍的僧人倚在门口。寺庙的下面是传统的藏式石砌墙,上面则是金色的汉式歇山屋顶,在晨光的照拂下金碧辉煌。

汤于彗掏出了两张门票的钱,正要去买门票,康赭伸出一只手拉住他:"你干什么?"

汤于彗抬起头,一脸茫然地看着他。

康赭叹了口气:"你觉得我需要买门票吗?"

汤于彗这才反应过来,迟钝地"哦"了一声,然后道:"那我呢?"

康赭说:"你乖一点,我带你进去。"

汤于彗果然很听话,乖得要命,小心翼翼地跟在康赭后面。但是他觉得康赭说得煞有介事,其实又是在哄人。康赭连招呼都没打,只是看了门口的售票小哥一眼,小哥就放他们进去了。

"你朋友住在景区吗?"汤于彗问道。

"……嗯?没有。"康赭走在他前面,"草原不是景区,给你们看的草原才叫景区。"

"哦。"汤于彗觉得康赭又在内涵他,但是又无话可辩。

康赭绕过了长梯,完全往另一个方向走去。汤于彗忙拉住康赭的袖口:"你去哪儿?我们不上去吗?"

他们停在了伸到云层中的长梯前面。

康赭扯了扯袖子,转过头看了他一眼:"嗯,不该嘲笑你,卖你一张门票确实不是人家的错。"说完,康赭掏出一支烟想要点上,对汤于彗缓缓道,"你要想玩自己上去,我在下面等你。"

汤于彗问道:"你不去吗?"

康赭说:"不去,我有高原反应。"

汤于彗:"……"

汤于彗:"你不想去我也不去了,走吧。"

他走了几步,看见康赭停在原地,好像带着点好奇端详他。

汤于彗和他视线相撞,心里一跳,问道:"怎么了?"

"你好乖啊,"康赭又露出了那种熟悉的笑,"平时是不是总有人夸你脾气好?"

汤于彗的心突然重重一跳,仿佛暴雨前的一声闷响。

他没来由地慌乱,脚步定在原地,手却突然很想握住点什么。

虽然他是经常被人说脾气好,但是康赭这么说就好像别有深意似的,既带着糖味,又藏着小针一样的刺。

他说不上来原因,但他很讨厌被康赭以这样的方式打量,讨厌康赭这种时隐时现的、可有可无的好奇。

汤于彗下意识地保护起自己,不知道为什么,他觉得跟康赭聊天很危险,说得越多好像就越容易被看清。

虽然他早就隐隐有直觉,如果康赭想的话早就已经把他看透了。只是康赭暂时不关心他,所以停在那里,无所谓他经不经过。

"嗯……我脾气是还可以吧,"汤于彗缓缓道,"反正我应该不会跟你生气。"

讲出这句话,汤于彗自己都莫名其妙地一愣。

康赭点烟的手似乎顿了一下,但打火机还是照常地跳动出明亮的橘色火焰,横在了他们的视线之间。

汤于彗忙补充道："要是生气早就生气了……毕竟你说话也不怎么温柔……"

康赭咬着烟蒂的时候下唇角会无意识地上扬一点，他露出了晦暗的笑容："哦，这样啊。不过我觉得我脾气挺好的，对你很亲切啊，你不觉得吗？"

汤于彗："……"

倒也不用这么说瞎话吧。

康赭今天看上去心情好像不错，看汤于彗再次无言以对后，他很淡地笑了一下，帮汤于彗把背着水的书包挎在了自己的肩上。

"先走吧，跑完马有时间就陪你上去。"

2

康赭的朋友是个和他差不多高，但是比他黑了很多，也很英俊的藏族男孩。

藏族男孩用生涩的汉语和汤于彗打招呼："泥好，美丽的蓬友，欢因来到窝蒙的家园（你好，美丽的朋友，欢迎来到我们的家园）。"

汤于彗有点害羞地对他点了点头，继而对男孩旁边的人紧张地笑了笑——那是一个漂亮得惊人的女孩。她眼睛很大，身材高挑，皮肤白皙，裹着一件红色的藏袍，正目光盈盈地对着汤于彗微笑。

"这是加洋，我从小玩到大的朋友，"康赭简单地介绍。看汤于彗愣愣地盯着旁边的人，康赭不轻不重地打了下他的后脑勺道："别一直盯着人家的老婆看，小心挨揍。"

汤于彗瞪圆了眼："他已经结婚了吗？"

康赭"嗯"了一声:"怎么,你对人家有意思吗?"

汤于彗轻轻地揉了揉被敲的后脑勺,小声道:"不是……你们不是差不多大吗?既然是你从小玩到大的朋友……"

"这有什么稀奇的,"康赭笑了笑,"我也结婚了啊。"

汤于彗呆了一下,慢吞吞地"哦"了一声,心里顿时有一种很奇怪的感觉。

加洋在旁边哈哈大笑,他的汉语讲得生疏,但是毕竟住在塔公寺旁,熟悉游客,听起来倒是不费劲。

为了能让汤于彗听懂,加洋把生涩的汉语讲得磕磕巴巴,发音倒是标准了很多。

"他……没……没有,康赭让草原的女孩……都伤……伤心。她们都想做……他……他的……老婆,但是……康赭……都不要。"

汤于彗费了半天劲才听懂,他又"哦"了一声,眨了眨清澈的眼睛,又无言地看着康赭。

康赭被看得头疼,漫不经心地解释道:"在藏族,男人到我这个年纪结婚已经不算早了。"

"哦……"汤于彗应了一声,睫毛闪了闪,好奇道,"那你为什么没有结婚啊?"

康赭抬了下眼皮,懒洋洋地笑了笑:"跟你有关系吗?管这么宽啊?"

果然不会说这么多啊,汤于彗遗憾地想道。

汤于彗本来觉得康赭不太像藏族人,但也不像汉族人。他太捉摸不定,像一团轻飘飘的雾。

但是在看到康赭骑马，或者如康赭的原话——"跑马"以后，汤于彗才真的相信了康赭是名副其实地属于辽阔疆土上西南大地的这块高原。

他是土生土长的藏民。

康赭从加洋的马厩里牵出一匹棕色的成年骏马，马尾很长，走起路时会很高傲地扬起来。

康赭的长腿一蹬，从容利落地翻上马背。他先是驭马缓缓地走上了一段山坡，然后转了个头，从坡上策马狂奔下来。

汤于彗能清晰地看见他在自己的视线里，在静止的苍穹间不断地被放大。

草原成了狂风猎猎的布景板，康赭像神话里那些踏着风和太阳的神明。

骏马矫健，康赭骑在上面，神色冷漠而张扬。马蹄所过之处，尘土草屑飞扬。

汤于彗愣愣地看着，好像在看一场汹涌的、朝着自己奔来的千军潮水。

汤于彗以前从来没有骑过马。

他曾经跟随父亲，在甘肃的卫星发射中心待了好几个月。

涉及机密，父母当然不可能带着他工作。他被寄养在一个和父亲相熟的当地人的家里一段时间。那家人里有一个大汤于彗两岁的小姐姐，很瘦很黑，眼睛大大的，对汤于彗很好，放假的时候会带着汤于彗去嘉峪关，去敦煌，去鸣沙山骑骆驼。

那个时候汤于彗还在上初中，后来他中学阶段所有语文考试的记叙文都写了那个姐姐和那段故事。但是那个时候瘦小的汤于彗觉得骑骆驼不够英勇，所以在他的作文里，他骑的都是红色的小马。

"在一个平时看不到的视角里逐渐出现了远方的红日和渐隐的地平线，颠簸的铃声回荡在流沙之海，金色的光线勾勒出山丘的轮廓。我骑得很慢，但好像要去很远的地方。"

汤于彗把这个素材背得滚瓜烂熟，但每次想起这个曾被老师叫上去朗读的段落，他仍会尴尬得脚趾在鞋子里缩成一团。

他文科一向不好，这是唯一一次被语文老师表扬。这么多年前的事情他早就忘得差不多了，却依然能想起在教室里的那个下午，他读得满脸都是羞赧的汗水，好像被逼着赤身在红日下的大漠中行走。

回忆里想象的场景似乎和现实有了联系，好像虚化的焦段随着细微的调整慢慢地在梦境里变得清晰——康赭牵着一匹枣红色的小马朝他走过来。

汤于彗好像又想起了当时朗读时热而躁的感觉。他的心跳开始加快，心脏像被催熟，血液不规则地强烈涌动着。

而这次伴着风声的不是驼铃，也没有孤烟和红日——

天朗气清，康赭叼着一支烟，吐出来的白气好像要升到云上去。

"试试吗？"康赭冲他扬了扬眉。

汤于彗小声地回答："我不会。"

康赭亲昵地摸了摸小马的头，他刚跑了一圈，很爽，现在给足了汤于彗耐心："想骑吗？"

汤于彗犹豫了一下，点了点头。

康赭把烟从嘴边拿下来，吐了一口烟圈，然后随意地扔到地上踩掉。他含了一颗薄荷糖，还给汤于彗塞了一颗，不轻不重地捏了一下他的双腮："想骑就上去，这匹小马很乖，我带你，不会摔。"

汤于彗最终还是战胜了胆怯，感觉脸颊又热又凉，脑子里还冒出古怪的想法。

他想，植物的用途诡谲而多怪，那让人上瘾的那种会是草木香吗？

他跃跃欲试地踩上马镫，翻上去坐稳的一瞬间就被这种古老又英挺的坐骑俘获了。

真美啊，他想。

汤于彗低下腰，轻轻地抱了抱小马的颈部。

"别蹭它，"康赭提醒道，"它跟你不熟，小心把你甩下去。"

汤于彗这才恋恋不舍地起来，手隔着一层空气往后滑动，假装在顺小马的毛发。

康赭觉得挺有意思，懒懒地勾起一边嘴角："这么喜欢啊？"

"嗯，"汤于彗第一次给了一个十分肯定的答案，他又开始闪动他水润丰盈的大眼睛了，嗫嚅道，"好可爱啊。"

康赭瞥了他一眼，含着一口充盈的凉气，顶了顶薄荷味的腮帮。他轻轻地拉了拉马缰，小马好像真的认识他一样，听话地小步走动起来。

一开始汤于彗还有点害怕，一圈之后，他就开始催促康赭走得快一点。

康赭没说话，笑了笑，在小马的屁股上不轻不重地拍了一巴掌，小马顿时撒开蹄子跑了起来。

047

"啊——"汤于彗吓了一跳,但康赭已经被小马甩在几步开外了。

汤于彗回头一看,康赭就站在原地,又点了一支烟,神色漠然地远远看着他。

"康赭……"汤于彗开始叫他的名字。小马逐渐在加速,他不敢频繁回头,可是迎着风又有些害怕。

汤于彗被颠得发抖,真的开始恐惧,他开始狂喊康赭的名字,但是都没有听到回应。

"康赭!

"让它停下来——我真的害怕了!!!

"康赭……

"康赭康赭康赭!!!"

汤于彗差点就要哭了,他好像已经在脑海里演练了自己从马背上跌下去,摔得粉身碎骨,想象被马蹄一脚踩得吐血的感觉。

"阿——赭——"

突然,天地回应他了。

草原上的风裹挟着康赭越来越近的沙哑的大喊声:"别怕,跑——

"汤——于——彗——

"跑起来!"

汤于彗回头一看,康赭纵马追在他的后面。两匹马之间还隔着好几米的距离,康赭的面容模糊,但汤于彗笃定他笑了一下。

"不——要——怕——"

那个"怕"字咬得很轻,被风温柔地裹挟到汤于彗的耳边,像是停泊在耳骨上的蝴蝶,低语后迅速地碎成草原上星星点点的光。

一瞬间,他血液中流淌的恐惧与混乱消失了,变成了某种更慑人的声响。风的流向霎时全都有迹可循,又清晰,又复杂,像狂鼓一样涌向四面八方。

他们头顶的云霎时化成无声的河流,汤于彗催赶着胯下的小马,伴着草原的风鸣和歌声,跟着自由和缓地流向大海。

汤于彗整整跑了五圈才慢慢地停下来。

康赫早就下马,站在开始的地方等他了。他控着马缰,愣愣地骑在马上一步步走向康赫。

汤于彗双颊潮红,脸上满是兴奋与痛快的水渍。

他第一次看见了康赫爬上眼角的、真实的笑意,像黑暗糙劣的矿物终于被人看到它包着碎芒的核心。从此夜空布满的不再是暗淡发灰的钉子,而是足以照亮整个银河的星辉。

汤于彗心跳如擂鼓,震得他咚咚响,很远的地方好像有人在和他说话,但他一个字也说不出来。

康赫竟然还张开了双臂,帮助汤于彗从马背上下来,又随手擦干了他脸上的水痕。

他还是那样,轻飘飘地笑着:"怎么又哭啊?"

3

汤于彗做了一个梦。

这是一个俗气的结束漫长又饱和的一天的方式,但他还是顺从地被纳入了温柔的夜里。

经历一整天激素分泌异常、头脑发昏、全身酸软，在汤于彗来康定的第三个晚上，他长久地躺倒在床上仰望天窗外的星空后，有所预感地走入了那个梦境。

梦里静谧、潮湿，白天才见过的清朗干净的草原蒙上了一层锈红的滤镜，使得人的视线变得很差。

汤于彗迷迷糊糊地想：这是一种什么样的颜色呢？它好像吸收了很多光线，却那么脏、那么沉。一定很接近太阳吧。

大风里，汤于彗被十二匹马圈在中央，它们慵懒地在草地上磨着蹄子，然后做出了攻击的态势，好像下一刻就要把他踩得粉身碎骨。

其中一匹最心不在焉，在其他十一匹马都缓缓逼近的时候，它还慢悠悠地在原地踱步吃草，对汤于彗即将葬身蹄下毫不关心，好像还盼着快一点结束。

梦里的汤于彗有点生气，他想：你为什么不来呢？你不想踩烂我吗？

最后他缓缓地走向了那匹对他视而不见的马，用脸颊轻轻地蹭了蹭马颈部充盈的毛发。

梦里，马垂下了头，伸出舌头舔了舔汤于彗的手腕。他有种很奇怪的感觉，一边预感自己即将像痉挛一样颤抖发麻，一边想"你是马，不是长颈鹿啊"。

那匹马驮着汤于彗，缓缓地走出了包围圈，另外十一匹马都停下来看着他们，眼神悲伤又宁静。

汤于彗骑着马，在越来越红的草原里漫步。

那匹马把他驮到了长梯前。白天的云在这里已经被染成彤色了，康赭站在一片锈里等他。

但这次他只是站在那里。

"上去吧。"汤于彗听见康赭说。

他此时已经意识到这是个梦,因为白天他清晰地记得,回去的时候康赭不知道是不是故意选了另一条路,没有再经过那通往天空的长梯。而他失魂落魄,根本不记得再请求康赭一次。

所以康赭邀请了他去云上吗?这一定是做梦了。

康赭摸了摸马的头部,把缰绳从他的手心里抽出来,攥在自己的拳头中。

马一步步地踏上长梯,很稳,但四周一直有风。

他们爬了很久,才逐渐接近顶端。眼看快要到了,康赭突然停下了,问汤于彗:"你想上去吗?"

汤于彗想了想,很认真地点了点头。于是康赭松开了马缰,很快,马载着汤于彗到达顶端了。

真的好奇怪,汤于彗想,他们明明顺着台阶爬了上来,为什么顶端的另一边是垂直的断崖?

康赭站在他旁边,和他一起沉默地注视笼罩在一片黑暗中的崖底。

"我说了不上来的,"康赭的表情模糊,"又卖你一张门票。"

汤于彗说:"我看不见你,这里越来越暗了。"

汤于彗骑在马上,比康赭高了一大截,他感受到一种像雨水蒸腾后的气息。

"这到底是什么红?"汤于彗看着越来越接近矿物颜色一样的天空,终于发出了疑问。

康赭神色平静地看着他。

过了少时，他开了口，声音还是那样沙哑，像一阵风贴在耳边："你真的不知道吗？我告诉过你的。"

"土地。"康赭的语气低沉得仿佛快要听不见，于是汤于彗转过了头。

目光交错的一瞬间，站在马边上的人迅速破碎成絮状的光点，然后从光点中飞出一只全身鲜红的蜻蜓。

它向着天空飞去，康赭的喑哑之声随之响起："赤色的土地。"

啪的一声，蜻蜓也碎了。

"是赭。"

汤于彗醒了。

他浑身是汗，如同溺水濒死一样，大口大口地喘气。

此时天还没亮，汤于彗愣愣地和头顶的星空对峙，但他看不到梦里的那一种颜色。

过了片刻，汤于彗把手背轻轻地贴在自己颈侧的动脉上，长久地不发一语。

汤于彗躲了康赭好几天。

其实也不算是躲，汤于彗觉得康赭可能都没有注意到。

他发现平时如果自己不主动，康赭就很少和他对话，但还是会在出门之前知会汤于彗一声，问他要不要一起去。

拒绝了康赭一次之后，康赭就再也没有叫过他了。

汤于彗一边庆幸，一边又感慨地想，康赭的耐心就是一次的程度，但"1"仅仅是比"0"大一个单位的数啊。

他想了好几天，还是拨通了柯宁的电话号码。

耳边传来"嘟嘟"的待接通的声音，好像这时汤于彗又觉得恢复到熟悉的频率了。

他发着呆：为什么和康赭第一次通话时，等待的波段间隔了那么长的距离，不是他的错觉，是真的很慢。

可是那个时候我都还不认识康赭啊，汤于彗想。

这是他来到甘孜后打的第二个电话。

电话很快被接起了。

"喂？"柯宁的声音里含着鼻音，"汤汤？"

汤于彗立马道："柯宁，你感冒了？"

"没有，"对面的柯宁好像是揉了揉鼻子，"昨天通宵了，在睡觉……"

"啊，没有打扰你吧？"汤于彗笑了笑，"这么拼呀？"

柯宁迷迷糊糊的声音传过来："这也叫拼？哪有你平时……"

说到一半，柯宁的话音突然被突兀地掐断了，沉默了几秒，柯宁小心翼翼地低声道："对不起啊……汤汤。"

汤于彗想到他就觉得很可爱，像是心里的伤口被小猫温柔地舔了一口，未必不疼，但是被濡得暖暖的。

"没事，努力又不是什么不好的事，更不需要向别人道歉。"汤于彗笑了笑，"而且你什么时候见我跟你生气过？"

柯宁吁了一口气，他的声音听起来活泼了一点："汤汤，你的心情是不是好多了？"

汤于彗迟疑了片刻，觉得心中静了下来，直到柯宁又疑惑地"喂"了一声，他才缓缓道："也许吧……"

053

4

柯宁听到答案后舒了一口气,无声地笑了笑:"那真的是太好了。"

汤于彗闻言默然片刻,有些慢地说道:"柯宁,你会不会觉得我很没用?"

柯宁在电话那头诧异地愣住,还没有说话,心里先涌上了难过的感觉。他放低了声音,温柔地道:"怎么会呢?

"汤汤,我知道你一直很强大,比我们所有人都强大。"

柯宁顿了顿,放缓了声音,慢慢地道:"不高兴的时候就出去走走吧,其他的都不值得,只有你的人生本身才是值得的。"

在挂掉电话前,柯宁轻轻地道:"汤汤,一定要照顾好自己,虽然你注定会迎来告别的那一天,但有些事就是会让人伤心的……尽管可能只是愿望,但我已经不想看到你再被任何方式伤害了……"

两个人都沉默了一会儿,汤于彗认真地说"好",让柯宁别担心,还说过几天给他寄藏族这边的特产。

挂掉电话后,汤于彗站起来,发了一会儿呆,然后他走出房间,来到二楼的走廊上。站在这里可以看到院子里的全貌。

康赫今天居然还没有出门。

院子里的葡萄架旁堆了一堆木材,康赫穿着一件黑色的背心正在锯木头。

汤于彗刚看到他一条腿踩在粗壮的树木上,还没眨眼,康赫就像背后长了眼睛一样察觉到他的视线,突然回过头来,对着他招了招手："下来坐会儿吗？"

汤于彗点了点头，又想到隔着这么远，康赭可能看不到，便动作迅速地侧身走下了楼梯。

他每次向康赭走过去的时候，都会有种少时走到黑板前做题一样的紧张感，仿佛在这个时候他才意识到"走向"本来就是一件郑重的事。对别人还好，对着康赭尤甚。

康赭去屋里拿了一个小木凳，放在葡萄架的阴影下，让汤于彗在这里坐着看，不要再晒太阳。

"你在干什么？"汤于彗主动找了个话题。

康赭道："做一张桌子。"

"为什么？"察觉到自己问得好像有点奇怪，汤于彗又补充道，"做来干什么用？"

康赭简单地答道："有张小桌子，可以一起吃饭。"

汤于彗愣了愣，他听到自己又很笨地问了一次："为什么？"

"嗯？怎么那么多为什么？"康赭的注意力全在木头上，没看他，"我也不是成天都在外面吃。这边没有外卖，反正都要做饭，有人洗碗不是很好吗？"

汤于彗呆呆地道："我吗？"

"是啊，"康赭专心地锯着木头，还是没有抬头，"不然还有谁？"

"可是……"汤于彗吞吞吐吐地道，"之前你不是说……给钱也不管的吗？"

康赭终于放下了手中的锯子，转过头来懒洋洋地看着他："你给钱了吗？"

汤于彗滞了一下："没有。"

"嗯。"康赭拿起放在旁边的工具，重新开始全神贯注地锯他的木头，"还有什么问题吗？"

"沙沙"声又开始响起了，而汤于彗的思绪放得很空、很慢，在这其中显得如此不合时宜。

他能感觉到，自己的心里好像有一个巨大的气球正在慢慢地鼓胀。

然而康赭说拼桌吃饭，就真的只是拼桌吃饭。

汤于彗发现，只要不出门的日子，康赭往往能睡到中午。

汤于彗有很严重的胃病，以前在家的时候汤蕤会逼他七点钟起来吃早餐。早餐根据专门的营养清单搭配，虽然各种元素丰富，实际却未必可口。

汤于彗常常觉得难以下咽，但也没有人在意他是不是真的想吃。

小时候汤于彗以为妈妈很爱他，因为他的餐食从来都比同龄人更加精美；他一生病全家都会非常紧张……在幼年时期，他得到的关怀尤其多。

后来汤于彗才明白，他可以爱怎么样就怎么样，甚至想要什么就有什么，但是他不可以不优秀，他也不可以不健康。

在刚上大学的时候，汤于彗离开了囚笼一般的家，所有的枝叶都暗地里背着爸爸于正则和妈妈汤蕤逆向生长。

一年的作息颠倒和饮食混乱让他"养尊处优"的胃伤痕累累。

直到大二的时候，这种用力过猛的矫枉过正才趋于风平浪静。

也不是汤于彗懂得爱惜自己了，只是他经过一些事后明白，这样宣扬和叫嚷式的抗争不过是自己想要获得父母关爱和注意的一种潜意识投射，很幼稚、很无用，也很可笑。但他的体质已经被一年的混乱生活伤害到了，他几乎需要"回炉重造"。

汤蕤和于正则很生气，断了他半年的生活费。

汤于彗也没有再进行像默片一样的无谓抗争，又重新拾起了吃早饭的习惯。

他想过要叫康赭一起，但一是他根本不知道康赭到底住在客栈的哪个位置，因为康赭几乎每次出现都是神出鬼没的，简直是刻意抹去了自己的存在感一般；二是他的烹饪技能基本为零，他实在不好意思叫康赭和他一起吃糠咽菜。

所以这几天，康赭和汤于彗几乎达到了一种默契的配合。

康赭每天睡到日上三竿，汤于彗会在上午去集市买菜，充当伙食费。

蹭了好几顿丰盛的午饭后，汤于彗发现康赭真的很会做饭，无论他买回来什么，康赭都能做得很好吃。

两个人吃饭的时候都是安静的，没有人提过不要交谈，但他们都选择了礼貌地沉默。

大厅里还有一台电视机，但两个人都没有提出过要搬到里面吃。

晴天的午后，他们就这样在葡萄架的阴影下，安安静静地拼桌吃饭，吃完后汤于彗到厨房洗碗，往往出来的时候康赭已经走了。

下午康赭从来不在客栈里。

有一次汤于彗好奇地问康赭做饭为什么这么好吃，康赭想了一会儿,说:"以前去过很多地方,滞留在一个城市无事可做的时候,最容易学的东西就是做饭。"

汤于彗听后带着一点憧憬地问道:"你去过很多地方吗?"

康赭"嗯"了一声,淡淡道:"只是打工,不是什么了不起的事。"

汤于彗短促地"啊"了一声,心里却想:绝对不是这样,你做起来一定就变成了很了不起的事。

同时汤于彗还隐隐约约有一种"这才对"的感觉——康赭一定是那种去过很多地方、见过很多人的人。

他想象康赭漫无目的地走,漫不经心地留,不断地停泊在地图的一个个点上。

可是康赭为什么离开呢?又为什么回来?

他看似无心浮华,以后会永远留在这群山与河流之间吗?

汤于彗觉得他们没有熟悉到可以提出这种问题的地步,便点到为止地安静了下来。

可今天汤于彗收拾完碗筷,从厨房里走出来的时候,看到康赭竟然还没走,正靠在葡萄架旁玩手机。

"今天出去玩吗?"看到汤于彗出来,康赭放下了手机。

汤于彗愣了一下,颇有一些受宠若惊地道:"你问我吗?"

"是啊,这里还有别人吗?"康赭很轻地笑了一下,"你怎么好像总有种不在线的感觉。"

汤于彗的声音几乎一瞬间就高扬了起来:"去!"

他匆匆忙忙地摘掉围裙,去院子中央的水龙头下重新洗了一下手,又接了一捧水泼到脸上。他想要清清爽爽地跟着康赭出门。

水珠挂在他的睫毛上,被阳光照得像晶莹的矿石。

汤于彗用手背蹭掉了一滴沿着脸颊滑下来的水珠，看着康赭道："我们去哪里啊？"

康赭的视线聚集在他的睫毛上："这两天暖和了，我阿爸、阿妈在南边的田里种青稞，我要去帮忙，你反正也没事做，去看看吗？"

汤于彗笑了："青稞吗？我还没见过青稞田呢！走啊，当然一起去！"

康赭重新垂眼认真地看了他一下，直到把汤于彗那颗挂在睫毛上的水珠看掉了。

"你等我一下。"康赭回到大厅里，在底下的柜子里翻了一会儿。

汤于彗跟进来站在一边问："你找什么呢？"

康赭没理他，翻出来一个巨大的草帽扣在汤于彗的头上，还帮他系好了帽绳。

打结的时候康赭有点用力，汤于简直觉得他在故意勒自己的脖子。

系好后，康赭在汤于彗的头顶拍了拍，淡淡地道："尽量待在阴凉的地方，别乱跑，记得涂防晒。"

5

康赭说，只要不是七八月，川西大部分时候都是干燥的晴天。

四月中旬，太阳照在草原和河流上，所有的地方都在发亮。汤于彗想象空气是无尘的固体，夹在一片湛蓝和绿色之间。

细碎的光芒从探头的麦苗上掠过，从粼粼的水波上掠过，跟着汤于彗和康赭轰隆隆前行的摩托车并翼而飞，然后和风一起被抛在后面。

汤于彗感觉他迄今为止的人生好像都没有过如此明朗的时候。

天高云霁，心胸被荡涤得干净，让他开心得想要大叫。但是实际的情况是，万物安静，像是都成了晴天的背景板。

因为当他坐在摩托车的后座，顿时感觉自己前面的人像一座横亘的沉默山脉，他失去了所有发声的必要。

汤于彗仰起头，盯着一朵遮住太阳、镶上金边的云发呆，心想：我们会靠近你吗？

康赭载着他开了多久，他就看了那朵云多久。

当康赭把车停在路边的时候，汤于彗觉得自己的头都因为长时间保持仰望的姿势而有点充血，下车的时候他眼前一黑，但被康赭一把扶住了。

汤于彗走到一棵树下蹲着，缓了半天才恢复过来。

康赭点了一支烟，垂着手站在旁边，看见汤于彗动了，就把烟拿下来夹在两指之间，伸出另一只手来拉他："可以走了吗？"

汤于彗默然地看着康赭的掌心，那只手平稳地横在自己的眼前，皮肤显现出理所当然的黑和干裂，但是指甲很干净，指骨突出，亘在修长的指节间。掌纹很阔，每条纹路都好像要挣破束缚，延伸到最长。

他没握住那只手，在地上撑了一把自己站起来了。

康赭也没在意，把烟扔在地上踩掉后，带着汤于彗往田间走去。

汤于彗知道，所有的谷物都很美丽。这种美丽带着一种哺育的神性，既像少女，又像母亲。

他见过麦田，见过鱼米之乡绿油油的水稻，却没有想到青稞田是这样的——

广袤的草原上，每一株大麦都从未静止过，细细的秆苗随着风不断摇曳，连成了一片此起彼落的绿海。

青稞好像都在匀缓地呼吸，穗须柔柔地缀在麦苗顶端，被摩挲着唱出"沙沙"的春歌。

汤于彗被康赭领到一块看不见尽头的田地中央，又被康赭带着找到埋在青稞苗间、几乎快看不见的一条小路。他们一路走到一棵大树下。

有一对牧民打扮的夫妻正在远处弯着腰拾掇稞苗，听到他们的动静，两个人都直起身来。女人向康赭挥了挥手。

康赭很明亮地笑了笑，停下来，也冲那边的人影摆了摆手。

他伸了个懒腰，对汤于彗道："那就是我阿爸、阿妈。"

汤于彗一愣，连忙踮起脚，也大幅度地冲那边挥手，几乎快要跳起来。

康赭对他突然的大动作愣了一瞬，两个人影也似乎都是一顿，继而女人热情地回应过来，手挥得更厉害了，还强迫着拉起旁边的男人摆了摆手，冲着康赭大喊了一句什么。

是藏语，汤于彗没听懂。

康赭同样回了一句藏语，他带着笑意看着汤于彗："你怎么这么高兴？"

汤于彗心想"我也不知道"。他的心脏跳得很快，这种频率从今天走出门的那一刻就没降下来过。

像是有一种看不见的力量要把薄薄的皮肤都撑满，逼迫汤于彗热情、诚挚地大跳大笑。

汤于彗缓缓地蹲下来，他的高原反应还没完全消失，刚刚的大幅度肢体运动让他习惯性缺氧。

他冲着康赫露出了一个笑容："我也不知道，但我好高兴啊。"

康赫没说话，看了他一会儿，突然也蹲了下来。

汤于彗有些不知所措地看着地面上的阴影，空气的流动变得清晰可闻。

他看见康赫伸出了右手，轻轻地探向他后面散发着好闻味道的干燥树皮。尽管没有回头，但是他感觉到康赫的手指轻轻地捻拢了什么。

一对像是空气缭织的翅最先占满汤于彗的双眼，紧接着是细长的虫节和硕大的眼睛。

是蜻蜓。

汤于彗回不过神，他看着它，康赫的气息就在耳边："好少见啊。"

他抬起头，把视线从漂亮的昆虫转移到康赫的眼睛上——他的瞳仁真黑啊，边缘带着一点蓝。

汤于彗看见这双眼睛轻轻地垂下了。康赫用另一只手轻轻地拢开汤于彗的掌心，也没让他抓住，只是把蜻蜓慢慢地放在了上面。

"送你了。"

汤于彗不敢，也还没来得及合拢手掌，精灵一样的蜻蜓就振着玻璃般的薄翅飞走了。

康赭站起身来，拍了拍手，俯视汤于彗，逆着光的他变成了柔化边缘的明亮剪影。

"你在这里坐会儿吧，也可以走走，我去帮我阿爸、阿妈的忙。"

汤于彗还在想刚刚那只他没有抓住的蜻蜓，那只从梦里的光絮中飞出来的红色蜻蜓。

他发着怔点点头，一动不动地盯着康赭被光线勾勒出的柔焦边缘，觉得他比差翅亚目昆虫还要透明。

康赭走远后，很快就隐入那一片青绿里面了。汤于彗看了一会儿，除了看出康赭毫不意外地把农活儿干得利落干脆又漂亮，别的什么也没看明白。

青稞又开始摇动了，在麦秆的海洋里，它们那么快乐地簇拥着康赭，风把他的衬衫下摆簌簌地吹成一片悬浮在田埂上的白云。

康赭转过身来，看见汤于彗这么半天了还愣愣地傻站在树下，笑着喊道："你也一起过来算了——"

汤于彗把发烫的手机放回兜里，一滴晶莹的汗珠从他的鬓边滑过，流经下巴滴到地上。

他知道自己为什么流汗。成年人体内有 60%~70% 都被水分占据，因此它常常能作为心情的第一表现，就像眼泪一样。

他朝着康赭走过去了。

第三章 宴我以山青

1

那天从青稞田回来后,汤于彗刻意地与康赭保持了距离。

倒不是出于讨厌,如果一定要汤于彗选,他会在这种逃避的消极情绪里选"害怕"。

预知了即将到来的一切,汤于彗没有兴奋,倒是预先产生了钝痛与恐惧。因为这里天空宽阔,山河辽远,但都只会静静地凝视他。

有一些稠状的东西正在心上堆积,这让汤于彗变得在意起周围人的看法来。尤其是康赭。他不希望自己在康赭眼里仍是一个不得不费心照顾的"游客"。

即便要做游客,汤于彗也希望自己能做个友好的客人。

尽管山川一面,却期望够宾主尽欢。

由于还没有做到,因此汤于彗只能降低自己的存在感以免再添麻烦。但不知道为什么,越想克制无痕地拉开距离,汤于彗却表现得越奇怪。

汤于彗不记得自己具体做了什么,但是康赭的反馈却清楚地暗示着他并不喜欢汤于彗自作主张。虽然他本来就从未亲近过汤于彗,但是那种距离感随着汤于彗并没有做好的"疏远"显得更明显了。

两个人还在吃饭的时候，康赭常常在汤于彗吃到一半的时候就吃完放下碗离开；或是他明明在院子里打游戏，看到汤于彗回来了就自然地回到后院的房间去。

汤于彗想不发现都难，因为康赭那种拒绝的感觉实在是太明显，他好像从来没有想过客气地掩饰一下，或者是对汤于彗说些什么。

可是这次，康赭的做法却难得地没有伤害到汤于彗一丝一毫。

因为汤于彗别的没有，却从来不缺莽撞与愚勇。他本打算得过且过、放任自流，可康赭沉默的规避反而激起了他的自尊心。

而在求证问题上，未来科学家出身的汤于彗向来从一而终。

汤于彗好几次想和康赭聊一聊，但是都被康赭巧妙而无余地避开了。

柯宁远在北京，汤于彗只身一人、孤立无援，万般无奈下决定曲线救国——

他搬出了康赭的家人。

汤于彗觉得开心而庆幸的是，康赭的爸爸、妈妈好像十分喜欢他，下青稞田的那天就对他表现出了十足的热情和欢迎。

康母几乎不会说汉语，康父稍微好一些，但是也讲得有些生硬，四川话口音很重。

汤于彗只记得自己笨拙地在田里杵着，很难跟他们交流，也几乎没帮上什么忙。但康母一直对他露出非常亲切温柔的笑容，看了他一会儿，还弯着眉眼对康赭说了几句话。

康赭听完就笑，汤于彗带着几分忐忑地问康赭"阿姨说了什么"。

他们头顶的天空晴朗，康赭的笑意好像被拖长了，像阳光洒在风吹过的田野里，晃晃荡荡的。

他翘起一边嘴角懒懒地道："她说没见过比你更漂亮的小孩，觉得你面善，大概有佛缘。"

汤于彗不是没有被人夸奖过外貌，但头一次觉得这样开心。

他两颊一下子就红了，就好像第一次被母亲亲了额头的婴儿一样。

他顺着眼角的余光偷偷地看了看康赭还未展平的唇角，心想：你信着佛，还么么好看，你的缘分只会比我更深吧？

康赭的长相综合了父母所有的优点，又英挺，又美好。

尤其是那双又阔又干净的、带着点蓝色的眼睛，在康赭的脸上是深邃，在康母的脸上就是清澈；而那如峰般高耸的鼻梁和线条干净利落的下颌，都来自康父那张英俊而沉挺的面容。

但是汤于彗觉得，康赭跟他的家人还是有种大相径庭的感觉。尽管外表有明显的遗传特征，但汤于彗很难想象康赭与他们归属于同一个家庭。

尽管康父康母都拥有出众的外貌，并且随着年纪渐长更显出醇厚的韵味，但是他们的美丽与英俊都是趋于内敛的，仍然保留着高原少数民族那种安和、淳然、与人为善的淳朴特质。

倒不是说康赭有多背离这种特质，只是不太相似。康赭不像他的阿爸、阿妈，他也不像这里的任何一个人。然而非要挑的话，汤于彗觉得康赭又确实应该自由而无拘束地生活在这些群山和河流间。康定就是最匹配康赭的、当之无愧的故乡。

总之最后，康赭的父母与汤于彗十分投缘，当天他们无情地勒令康赭自己骑摩托车回去，却开着小货车亲自把汤于彗送回了客栈，同时还邀请汤于彗方便的时候去他们家做客。

最让汤于彗手足无措的是，尽管语言不通，但汤于彗知道康母走之前还拉着康赭絮叨了好几遍。都是同样的话，说的时候康母一直在看着他，汤于彗猜是在让康赭照顾好自己。

可是从那天以来，经历了康赭坦荡而直白的疏离，汤于彗求证失败，保持距离的决策还没有开始，就碰了壁。

幸好他撑着所剩无几的自尊心，穷途末路地搬出了外援——他提出想赴约去康赭家做客。

康赭果然一听就露出头疼的表情，这是他一贯的、不想处理麻烦时的表情。

但汤于彗知道，藏民向来言出必行，没有那些口头之约的弯弯绕绕，邀请了人就是诚意十足。如果自己真的不去做客，是一件很失礼的事情。

果不其然，康赭也没把父母的话当成随便的客套，再跟汤于彗确认一遍后，就拿出手机跟家里打了个电话。

汤于彗听不懂藏语，无法根据内容推断，只能从语气有限地揣测，康父康母都很高兴，而康赭面无表情的神色也渐趋妥协。

康赭挂掉电话，对汤于彗露出了很平淡的笑容："我阿爸、阿妈说，你要是方便的话，明天去。"

他想了想，还是叮嘱道："早上不要赖床，去赶早市买点东西带过去。"

汤于彗乖巧地道："好的。"

2

等到真的约定好去康赫家的时间,汤于彗觉得,自己来康定这么久,虽然每天都很轻松愉悦,但这可能是他最期待的一天了。

汤于彗几乎一晚上都没睡,总带着点莫名其妙的兴奋,辗转来辗转去,比答辩前还紧张。

所以第二天早上当康赫打着哈欠从后院走出来的时候,一眼就看到起得过早的汤于彗,在门口无所事事地蹲着望天,像个没人要的门神。

康赫还困着,但眼神冷淡。

他刚要说话,汤于彗却突然站起了身,倚着院子的大门朝里面探头探脑:"你才起啊?我没好意思叫你。你们家后院好大,你住在哪里啊?"

这么长的一串提问,康赫听到一半就想打断。康赫刚想拍一下汤于彗的头让他别瞎看,手上的动作却突然一顿,想起今天要一起回家,实在没必要不温柔到这个份儿上。

草原的清晨温暖,他也变得柔和了。

康赫费力地匀了一点耐心出来,带着汤于彗沿着小径走到了后院。

出乎汤于彗意料的是,康赫的院子前面种着一棵与他极其不相称的巨大桃树。

可能是受高原气候影响,本来早该过了花期的桃花才刚谢不久,还有那么一两朵粉白的花缀在油绿的叶子之间,像是为主人强硬地横出一丝春意。

汤于彗:"你居然种桃树啊……"

康赭面无表情地道:"我为什么不能种桃树?"

汤于彗当然不会回答这道送命题,康赭看了他一眼,漫不经心地道:"你如果早两个星期来,还能看到开花。站在前院就能看到一片红从墙上探出来。"

说到这儿,康赭的话音顿了一下,继而刻意用上了一种强调的语气:"不过后院一般不让客人进来,旺季的时候我阿爸、阿妈和招的伙计都会分住在这个小院里,不太方便。最近人不多就算了,但平时你要找我的话,打电话会更方便。"

懂了。汤于彗自动翻译:"私人区域,闲人免进。无事勿扰,大事酌情开门,小事漂流瓶联系。"

他对康赭点了点头,雀跃的心情并没有因为这一点小小的冷淡而消弭。

汤于彗早就明白了康赭一向如此,而他已经养成了不抱期望的习惯,像这样留有余地的台词,已经能让他体会到康赭式的体贴了。

但无论如何,他还是遵从内心,兴奋而急切地拉住了康赭的袖口:"知道了,我们现在走吧?"

康赭点了点头,边走边和汤于彗说了一些去藏民家做客的注意事项,说得汤于彗越来越紧张。

康赭看他如临大敌的样子笑了笑,火上浇油般祝他玩得愉快。

等汤于彗半信半疑地走到门口,回过神来的时候,才发现自己鼓起勇气一直忐忑地拽着康赭的袖口的手早就已经松开了。

一起在外面吃了早饭后,康赭就带着汤于彗在早市上闲逛。

说是"早市",其实就是一些家里没有放牧或种田的小户藏民在街边的一个小区域里买卖每日要吃的蔬菜、肉食、鸡蛋等东西,而买卖大多都是活禽。

康赭说,在川西这边,本地居民的食物大多是靠自家供养,很少会从外面买,家家户户几乎都会种田或者放养牛羊。

但是有人的地方一定会有集市,汤于彗新奇地跟着康赭转来转去。

这样的地方几乎没有游客,汤于彗带着好奇和羡慕看着康赭笑着和小贩说话,可惜他一个字都听不懂。

汤于彗漫无边际地想,新疆的文字和阿拉伯语长得很像,藏语和梵文看起来倒也很相似,不知道难不难学。

最后康赭带着汤于彗买了几盒鸡蛋,一大袋水果,还有两瓶汤于彗没见过的、看起来劲儿就非常大的青稞酒,然后就骑着摩托车带汤于彗回家了。

康赭的家离新都桥镇子不远,他只骑了二十几分钟就到了。

就和普通的藏族民居一样,康赭的家也是红砖色的二层小楼,拥有一个面积广阔的院子。

让汤于彗惊讶的是,这里和客栈一样,有一个很大的后院,几只羊在栅栏里闲逛着,而院子的偏侧就是马厩。

康赭把摩托车停在旁边,招呼汤于彗进屋子里去,自己则朝着马厩走过去。

康赭好像是专程回来看他的这些动物的。

汤于彗见他动作温柔地摸了摸一匹栗色小马的头,又把一只跑出院子的小羊赶回圈里。

康父、康母都在室内,应该是没察觉到他们来了。汤于彗当然不好意思先进去,就站在院子里等康赭。

太阳下的他显得很柔和,汤于彗孑然地立在蓝天下,头一次想拿出手机来拍照。

甘孜这边的土著民居都是用灰色的砖块垒建房屋,因为房子的密度很稀,站在蓝天下空旷的草原上时,房屋看起来总比实际要高一些。每一栋房子往往都有很多扇窗户,窗沿外侧画着好看的繁复花纹,建筑像野性而粗糙的遗迹。

康赭像巡视了一圈自己的领地一样,终于走回来了,他对着汤于彗道:"你怎么不进去?"

汤于彗又乖又正直地道:"等你啊。"

康赭看了一眼他的手机屏幕,自己恰巧成了房屋边侧的窗户上白云的前景。

他无聊地把这一张照片滑过去,对汤于彗说道:"走吧,应该在等你了。"

3

意料之中,汤于彗果然得到了康赭家人最热情的款待。但非要说的话,汤于彗觉得是开心与难熬并存的。

他有点拘谨,因为很怕自己表现得不好,或者做出什么不礼貌、冒犯的事。尽管汤于彗自己都不知道为什么会紧张成这样。

康母不怎么会讲汉语,大多时间都在听;康父沉稳但寡言;剩下一个康赭处在对话圈外,更别指望他替汤于彗解围了。

桌上的菜堆得满满的,每一道都是用心准备的。

因为语言障碍,汤于彗表达"好吃"时只能努力地露出夸张的赞美表情,同时手脚并用地比画。

汤于彗从眼角的余光里看到康赭坦然翘起的嘴角,想象自己大概能顶得上"载歌载舞"四个大字了。

吃过饭后,康母从厨房里端出一小盘糌粑。不像藏族分量极其大的吃食,这一盘小巧而精致,一看就是专门为了汤于彗做的。

康父把酥油茶、奶渣和糖搅拌好,一言不发地递到汤于彗面前。

汤于彗胀着肚子,努力把已经堆到嗓子眼儿的食物咽到食管里,又强塞了两个,好吃到无法用语言来表达。

康父看他像仓鼠一样鼓着脸颊塞入食物的样子,严肃的脸上终于露出了一点笑容。

康赭叹了口气,把汤于彗面前的盘子往自己这边拉了拉:"别吃了,吃不下就算了,我阿爸、阿妈不会生气。"

汤于彗松了一口气,觉得自己真的已经快吃吐了。

他悄悄地揉了揉肚皮,努力竖起大拇指,对康父、康母竭力露出一个灿烂的笑容。

好在康母没有再端别的东西上桌了,汤于彗吃饱后,到院子里看了一会儿马。胃里的食物终于消化了一些,肚子撑得不那么难受了。

汤于彗逗完马,又开始逗羊。就在他小心翼翼地靠近圈里的一只纯白色小羊的时候,康赭朝他走了过来。

汤于彗看了半天都没忍心下手摸的洁白小羊,康赭一把就薅了人家头上的毛。"

　　汤于彗痛心疾首地看着，小羊温顺地用头蹭着康赫的掌心，被蹭的人漫不经心地对汤于彗道："很无聊吧？"

　　汤于彗没反应过来："嗯？"

　　"你看，这里就是这样了。吃完饭连一项娱乐活动都很难找到，客栈起码还有 Wi-Fi，家里连电视也没有。"

　　康赫顺了顺小羊的脊背，淡淡地道："中国那么大，你为什么要到这样一个陌生且无聊的地方来？你到底想干什么？"

　　汤于彗的心里蓦地一紧，心脏剧烈跳动起来。

　　他安静了一会儿，忽然笑了："你好奇了吗？"

　　康赫靠着羊圈的栏杆，掀起眼皮看着他。

　　汤于彗缓缓地咧开了嘴角——他笑得很甜，看起来年纪更小了，像是从来没有受过伤害、不应该出现在高原的温室玫瑰。

　　"你感兴趣了吗，阿赫？"

　　康赫带着一点轻慢，无情地提起唇角："没有。"

　　汤于彗的笑容收起了一些，他很轻地"哦"了一声，注视着康赫道："我小时候的娱乐活动很少，家里的电视几乎不开，就算开了能看的频道也很有限。我当时最喜欢的就是央视的纪录频道了，总是偷偷看，后来就养成了习惯。

　　"他们几年前有一个宣传片，是在川西拍的，拍得很好，我很想来看看。

　　"我知道你们这里有一座很漂亮的雪山，叫作贡嘎，电视里说像神明一样圣洁又美丽。听说在某些很神奇的日子里，在成都也能看到雪峰。"

汤于彗纯真地睁大了眼睛："是这样吗？"

康赫的视线落在地上的一点，并没有回答。

汤于彗的语气稍微低落了一些："嗯……你猜的大概都是对的，我……遇到了一些不好的事，所以逃到这里来。这不是什么不能讲的，我以后可以告诉你，但现在这不是我最想说的……"

总是一团又一团凝结在山坡上的云此刻都散开了，正午的太阳很毒，晒得汤于彗头脑发晕。

他在等康赫发问。

这种等待让汤于彗感觉到热带爬行动物的苦楚，像有一层茧状的薄质在他身上缓缓凝固，牵连着他的皮肉，让他因为时间的缓慢流逝而痛不欲生。

康赫终于开口了，他的表情毫无变化，语气温柔又冷淡："那就以后再说吧。"

汤于彗愣了一下，那层薄质好像又变成了千奇百怪的无机坚壳，但是没有一种可堪入目。

他的血液里像灌满了铅泥，反应了很久才迟缓地道："嗯……那我以后再告诉你吧。"

下午康母把一个圆形的小桌子搬了出来。这个桌子的样子很特别，边缘刻了一圈格桑花形状的纹路，并不繁复，看着非常雅致精巧。而且桌子还是折叠式的，很轻，康赫都没有动手帮忙，而是靠在一旁抽烟。

康母看见汤于彗一直盯着桌子的花纹看，露出一个腼腆的笑容，指向康赫，用很生涩的汉语说："康赫……做的。"

汤于彗的头动了一下，本想抬起来看康赭一眼，但还是垂下了。

康母正觉得他们之间的氛围有些奇怪，这时候康父端着茶具走出屋子，汤于彗连忙站起来，帮忙把茶具摆在桌子上。

康父摆摆手，让他不要拘谨。

他的汉语讲得还算流利，只是一开始总是板着脸，话很少，显得很严肃。好在午饭之后，双方这点拘谨都被打破了。

他笑着对汤于彗道："小汤，喝茶，我们家里自己打的，不知道你喝不喝得惯。"

康赭把烟蹍灭了，站起身来："你们聊吧，我出去转转。"

汤于彗还没来得及说话，康赭已经走了。汤于彗干巴巴地把视线从康赭的背影上移回来，有些不知所措。

他十分缺乏与和蔼的长辈相处的经验，又很怕自己表现得不好。康赭在的时候他没有这么不自然，现在突然变成他一个人，中午吃饭时的那种紧张感又卷土重来了。

汤于彗端正地坐着，忐忑而拘谨，但还是露出了笑容。

藏族居民生性豪放淳朴，很少见到汤于彗这样乖的小孩。

康父、康母越看越觉得这个孩子温顺又有礼貌，讨人喜欢得不得了，生怕自己表现得还不够热情。

康父拿起茶壶来，给汤于彗面前的小茶碗里倒了一杯茶。

汤于彗端起来一看，茶水盈盈地盛在碗里，黄澄澄的，在太阳下泛着金色微薄的光。

汤于彗喝了一口，觉得这茶虽然清冽，但是有种说不清楚的静然味道。

康父笑着对他道："这是甲恩茶，是只有甘孜才有的，是你们汉族人比较爱喝的茶,没有什么腥味。"

他看汤于彗喜欢,说得就多了:"这茶是采雪山桑叶晒出来的,要先煮,在锅里面加上白碱,把水煮干,等茶变黑,再捞起来拿出去晒。每次煮的时候抓一把撒在锅里就可以了。"

康父端起面前的一杯茶,喝了一口,神色放松而自然地对汤于彗道:"要是你喜欢喝奶茶的话,我再重新去给你打一杯。"

汤于彗忙道:"不用了,谢谢叔叔。我喝这个就好,我很喜欢,非常好喝!"

康父没说话,笑着看了他好一会儿。

悠长的午后,水汽蔓延到眼眶里,盛出了一点雾霭。康父像是有点怀念似的看着汤于彗,笑道:"真没想到,康赫还会带汉族的朋友回家玩啊。"

汤于彗不知道他和康赫算不算朋友,但还是带着私心默认了。他底气不足,只敢承认一半,连忙道:"没有没有,都是我缠着康赫,让他带我玩的。"

康父看着他笑了笑,转过身去对康母说了句什么,康母也笑了起来。

他对着汤于彗温和地道:"我们这里没什么好玩的,有些人待一个星期就腻了。我看你不像有事要做的样子,大概有什么别的理由。本来应该多照顾你一点,可是现在正是农民最忙的时候……"

康父端起杯子又喝了一口茶:"往年我和康赫的妈妈都会把客栈闭店,等暑假再开。但是我们都是第一次在网上注册,记性又不太好,忘记了撤销,本来想给你打个电话让你取消,是康赫说他可以去店里住着帮忙照顾。"

这个信息汤于彗是第一次听说，他呆了一下，缓慢地道："是这样的吗……"

康父点了点头："是啊，这就是缘分吧。"

汤于彗想了想，还是有点犹豫地问了出来："可是叔叔，康赭他是不是……不太喜欢我？我感觉他好像……嗯……不太愿意跟我相处。"

康父看上去也有点无奈的样子，但他没有解释，而是对汤于彗道："他带你去骑马了，对吗？"

汤于彗一愣，点了点头。

康父没有说更多，只是温和地带着笑容道："他很愿意。"

4

和康父聊天是一件很舒服的事。

他比康赭柔和许多，虽然也不算健谈，但是会一直很亲切、很平和地和汤于彗说话。

汤于彗通过聊天知道，康父曾经考到了北京，在那里念完了大学。

这在那个年代实在是一件很了不起的事。

汤于彗可以想象，这样的人优秀得像同一片土地上所有居民共同编织的一个不切实际的梦想，他一定是告别了所有父老乡亲一送不期还的自豪目光，怀抱壮志离开故乡。

但是这光环没有让他自满，生活在大城市里亦没有让他自卑，甚至更出人意料的是，大城市没有留住他。

康父没有忘记自己是从哪里走出来的，在谨慎地思考之后，毅然地回到了自己的家乡。

这点倒是跟康赭很像，尽管理由不太一样。无论世界如何精彩，也没有办法让他们多看一会儿。

十万软红磨不掉的，向来是来自大山的粹质。

康父毕业回了甘孜以后，娶了心爱的藏族姑娘，在县城里教了好几年书，后来觉得自己实在没有发挥出作用，又回乡带领大家发展畜牧产业。

这几乎是从头开始，但有好几个村子因此脱贫，之后康父又把所有的积蓄投资建了学校。

没有任何一个康家人觉得这是件值得称道的、了不起的事，他们只是完成了自己想做的事情。

后来康父年纪大了，家乡后继有人，他才逐渐把心思都转移到了家里。

康赭的爷爷从前是老牧民，他们家在镇子上一直算得上富足。康父从他阿爸那里继承了好几个山头的羊和牛，并开始学着培育和种植谷物。本来他还想在当地实验，发展新兴农业，但由于年纪大了身体不好，实在心力不足，这才提前从这些事里抽身出来。

康母拿出积蓄开了客栈，夫妇两人主业放牧种田，副业贡献给康定越来越发达的旅游业。

康父一直很想让康赭多学东西，要么活出自我，要么为家乡做一点有益的事。但康赭意不在此，这还成了他心上的遗憾。

汤于彗本来就觉得，康父身上确实有那种教书匠人的气质，润物细无声，听完这些后才确信了这一点，也不由得更加敬重。

这种温润育人之感把康父英俊、刚毅的藏族面孔冲得柔和了一些，甚至有了股恬淡的谦谦君子之味，可又不似读书人的羸弱骄矜，因此褪掉严肃后，他才显得这样稳重又亲切。

尤其是对着汤于彗，康父耐心地打开了平时很少提及的话匣。

"康赭从小就不太合群，但很奇怪的是，所有的孩子都很喜欢他。他小时候比现在还让人没办法，总是臭着一张脸，偏偏小孩都愿意往他跟前凑，觉得他像个大哥哥。"

汤于彗短促地"啊"了一声，又很轻地道："嗯……能够想象……"

康父露出了怀念的笑容："我们这儿什么也没有，比不上外面的世界，我和他阿妈不想让下一代也被困在这里，所以他初中的时候就送他去成都读书了。

"康赭一直很少回家。一是路远不方便，那个时候还没修这么好的公路，坐一天车能颠得人死去活来；二是他也不怎么愿意回来，当时我和他阿妈还想，城里的生活……总是更好的。"

讲到这儿，康父有点失落地道："我帮不了他什么。康赭虽然话少，但是一向有自己的想法，我们想着不要过于干涉他，所以关注得少了些……"

但接着康父又露出了些许骄傲的笑容，只是那其中有种说不出的遗憾："不过康赭以前确实也没什么让人好操心的。他每次考完试寄来的成绩单，也是很过得去的。"

汤于彗也笑了："能想到，康赭好聪明啊。"

"唉，可惜再聪明也没完成学业。"康父皱了下眉，眼里却没有多少责备，"康赭这孩子从小就话少，平时虽然不爱和我们交流，但从来没有给任何人添过麻烦。我们一直以为他虽然想得多，但总是很懂事的。谁想到这么多年没有动静，一有动静就不得了，念到高二的时候，康赭突然就辍学跑回来了。"

汤于彗愣愣地道："为什么？"

康父安静了一会儿才很慢地笑了笑道："我到现在也没完全明白为什么，但很多事情上已经在试着慢慢理解他。"

他叹了一口气："可在当时哪儿想得到那么多，我和他阿妈又气又急，他爷爷气得差点打断他一条腿。但他怎么也不愿意回去，问他为什么，他就说一句'不想念了'。"

康父无奈地对汤于彗笑了笑："我是很讲道理的人，也没急着和他动手，问他为什么不想读书了，他说不是不可以继续，而是他不想，不愿意继续了。"

汤于彗怔怔地道："康赭他……"

他心里涌上一股无奈的惋惜，为康赭错过了另一种人生。可似乎这才合理，这就是康赭——他连表达叛逆都是那么地冷漠，仿佛天经地义。

汤于彗本能地感到骄傲，尽管他并不觉得这是对的。他黯然地笑了笑："很像……康赭会说的话啊。"

康父颇感头疼地点了点头，带着点怅惘："我和他阿妈气了很长一段时间，后来康赭也不怎么回家了。有一天他回来后拿了个大背包，等吃完晚饭，就跟我们说他要走了。"

"唉，"康父无奈地道，"这孩子真是……

"我和他阿妈都不知道这些年康赭去了哪些地方，做了什么事。一年前他又突然回来了，但跟我们交流得更少了。

"所以我们看到他对你这么好,你们能成为朋友,我和他阿妈真的是非常高兴的。"

汤于彗怀着复杂的心情强咽下这份好意,小心翼翼道:"可是叔叔,康赭他就没有别的朋友吗?"

康父笑着说:"有啊,特别奇怪,他不爱理人,人缘却好得很。跟他同辈的人,无论男女都很喜欢他。我一个朋友的儿子叫桑吉,从小跟他一起长大,小时候桑吉就喜欢跟在他的屁股后面。"

说到这儿,康父顿了一下,温和平静的面容开始缓缓地流露出一种怀念的悲伤,那神色因为蒙了旧时光的灰翳而显得十分温柔复杂。

"说起来……小汤你和桑吉,不知道为什么总让人感觉有点像……"

汤于彗一顿,更加小心地放缓了语气:"他是康赭很好的朋友吗?"

康父沉默一阵,看着茶出了一会儿神,才笑了:"是啊。"

"那怎么……"汤于彗看着康父沉默的神色,觉得自己好像打开了什么封闭已久的匣子。他有些后悔,为什么一定要问这么多呢?

就在这个时候,康赭从外面回来了。

他瞥了桌上的茶杯一眼,淡淡地道:"你们在聊什么?"

汤于彗不知道该不该由自己开口,幸好康父接过了这个问题:"在聊你小时候的事。"

他笑着也给康赭倒了一杯茶:"我在和小汤控诉你以前有多招人烦。"

康赭垂下目光,端起茶杯一饮而尽,很平静地反驳道:"我不记得招人烦过，我从来都是招人喜欢的。"

汤于彗顿时间哑然。然而康赭并没有看他，只是把他喝干净的茶杯倒扣在桌子上，对他道："别在这里晒霉了，走吧，带你出去玩。"

汤于彗努力让自己镇定，声音里依旧透着不易察觉的颤抖："去哪里？"

康赭想了想："教你骑摩托车，去吗？"

汤于彗摇了摇头："我学不会。"

康赭沉默了几秒，淡淡地道："要试了才知道会不会。"

汤于彗突然抬起头看着他："试了就一定能学会吗？"

康赭看了他一会儿，突然笑了，露出了那颗很早以前就被汤于彗发现的虎牙。

汤于彗早就知道牙齿是脊椎动物高度钙化的组织，但是在康赭这里，它却是他的慈悲，他的武器。他笑得那么轻松，那么甜，但永远充满拒绝。

"不知道，但是你不试就一定学不会。"

康赭带着汤于彗推着两辆摩托车走了出去，外面天空如洗，成片的云飘浮在瓦蓝的天幕上。汤于彗站在延伸的宽阔公路上，瞬间觉得自己是被大风穿透、布满窟窿且一无所有的骨架。

还是算了吧，他很难不这样想。

摩托车教学果然并不顺利，汤于彗第一次做了个对学习手足无措的学生。

汤于彗综合了英俊且文质彬彬的父亲与拥有惊人美貌的母亲的

来越紧,他知道自己并没有冷静下来。

他浑身僵硬,几乎可以确定下一个弯道自己就会摔。

这时骑在他旁边的康赭突然很肆意地笑了一声。

汤于彗在僵硬中强忍害怕看了他一眼,只见他不知道什么时候把头盔取下来了。

这样的速度他就像在玩一样,两只手随意地搭在车把上,根本没有借力,此时正歪着头懒洋洋地看着汤于彗笑:"你打算骑到什么时候?骑回北京吗?"

尽管知道自己不该有这样的感觉,但汤于彗听到这句话顷刻间浑身就战栗起来。他偏回头去,咬住牙齿,从下巴淌下的汗珠随着绷紧的颈线滑过喉结,狠狠地落到地上。

汤于彗说不出话,神经紧张,只感觉自己要被这紫外线晒成一摊泥。

如果这个时候摘下头盔来,康赭一定能看到他不知何故红得发烫的脸。

康赭在旁边淡淡地道:"你别那么紧张,不要害怕,放松一点,刚刚都教过你的。我在旁边,不会让你出事。"

这样的场内指导完全是空口直来、不负责任的,汤于彗自暴自弃地想。

他还没回答,康赭又接着之前的话说道:"你试着去享受,而不是去驾驶它。你还记得上次骑马的感觉吗?"

这句话倒是起了作用,那阵曾回应汤于彗的风又奇异地唤醒了熟悉的自由,叹息着穿过汤于彗干渴、怅然的灵魂。

他开始想象自己身下的是马,是风,是船……

所有优点,也遗传了他们的才智,这一切都让他不平凡起来。以往大多数时候,他也很容易被周围的人贴上类似"聪明""漂亮""天才"这样的标签。

但是汤于彗被夸赞外貌不会产生什么特别的感觉,而且他认为自己只是比别人学东西快一点。这些都不是他的天分,因为汤蕤常常和他强调,这些本来都不应该属于他。

不过显然人无完人,也许于正则和汤蕤都不擅长运动,所以汤于彗到了户外,总显得比在冰冷机械的仪器旁笨一点。

按照柯宁的话就是,看起来不太灵活协调。

本来汤于彗觉得摩托车也属于机械,应该是自己擅长的部分。等到实践他才发现,操作起来比想象中难很多。

康赫倒是没让汤于彗出现什么意外,只是他显然也不是什么有耐心的老师,讲了一遍就让汤于彗试着开。

汤于彗平时看康赫骑摩托车利落又随意,他撑着一股傲劲跨上摩托车。但是当车子发动之后他才感到害怕,遇到转弯的时候浑身紧张,攥紧把手的掌心也浸满了汗水,恐惧地想等会儿该怎么停下来。

汤于彗强作镇定,但康赫和他并排而行,让他很不想现在就求助。

大不了就摔吧,汤于彗想:虽然应该不太可能,但反正我也一无所有。

康赫放慢了速度,默不作声地骑在他身边。两个人都不说话,风把他们的衣袖吹得呼呼作响,像海上鼓满了晴天的帆。

然而说到底,恐惧就是恐惧。汤于彗越来越紧张,手也攥得越晴天不过是奔逐的场景，而他是鸽子，是飞机，是荡舟的云。

康赭已经骑到了他的前面，汤于彗一半神志还放在紧张驾驶的摩托车上，另一半却始终盯着康赭被风吹得翻扬的外套衣角。

他想：我追不上。

5

在空阔的国道上骑摩托车确实是一件很爽的事。虽然汤于彗战战兢兢地把速度控制在安全限速内，但好像还是能体会到康赭平时的快乐。

康赭只是一开始会等他，后来就常常甩汤于彗一大截。

等汤于彗颇感得意地骑过来，康赭往往站在白底红字的路碑旁等他，手里还夹着烟。

汤于彗早就发现，康赭抽烟好像和他理解的这种行为一直都不太一样，康赭抽烟时既无颓废之感，也一点不缱绻暧昧，那烟雾在康赭的面前依旧是明亮的，让人想起冬天早晨的白雾，尽管它们同样模糊。

康赭正盯着山坡上藏在草丛中的白色藏文发呆，不知道在想什么。当地人曾经跟汤于彗解释过那藏文就是康定情歌的意思。

不知道康赭会不会唱。汤于彗胆大包天地想。

他们一起踩着黄昏的影子回家，而康母已经站在门口等他们了。

康赭默不作声地把摩托车停了回去，汤于彗沉默地跟在他后面。这种安静的氛围从回程的时候就一直持续着。他们没有不开心,但都不想说话。

这是共享了一个静谧午后常有的后遗症,汤于彗明白那种失落。

而为了下午称得上美好的奔逐,和这一瞬间与康赭情感的共通,汤于彗不仅理解,甚至也原谅了一直缠绕他的这种失落。

晚饭比午饭还要丰盛。汤于彗面前摆了两口大锅,都是火锅,分辣与不辣。

康赭的家人对他实在太好了。他想到自己不仅无法报答这种友善,曾经还用一种不太光彩的方式惦记着,就很是赧然。

康父把他们上午带来的青稞酒打开,给汤于彗也倒满了。

汤于彗欲言又止地看着杯子,康父笑着拍了拍他的肩膀:"少喝一点没关系,度数低。"

汤于彗很想拿起酒瓶查证一下,但康赭轻巧地拿走了瓶子。

康赭淡淡地道:"他们喜欢你,你就喝一点。喝不完也没关系,我帮你喝。"

晚饭的气氛比中午时还要融洽,席间康母一边给汤于彗夹菜,一边用手肘顶了一下喝了酒之后变得侃侃而谈的康父。

康父这才像想起什么似的放下酒杯,手指无意识地在桌子上摩挲了一下,有点欲言又止,而后对着汤于彗道:"小汤,你来了这么久了,都去哪里玩了?去色达和稻城了吗?怎么不在县城住一段时间啊?"

汤于彗有些不好意思地回答:"叔叔,我还没去县城,这一阵子就一直待在这边。"

康父"啊"了一声,惊讶地道:"连县城都没去啊?"

汤于彗小声地"嗯"了一声。

康父顿了几秒，然后放缓了语气，用一种长辈式的温柔轻声地道："那木格措去了吗？贡嘎呢？"

汤于彗窘迫地摇了摇头。

康父和康母说了一句什么，两人顿时不赞同似的看了康赭一眼。

康赭把一块牛肉挑进自己的碗里，面无表情地道："不关我的事，是他自己不出门。"

他们又变成藏语交流了，汤于彗听出来康母明显语含责备，但是康赭还是那副懒洋洋的样子。

他有点紧张，不知道他们在说什么。他真的在考虑要不要找个时间去学藏语。

康母又说了一句什么，康赭想了想，最后用汉语回答了："那好吧。"

汤于彗一头雾水，康父则笑嘻嘻地端起酒杯，热情地邀请汤于彗和他再碰一下杯。

他们聊天时，虽然一直是康父掌握着话语权，但是他始终饱含关怀，仿佛他是真的关心汤于彗这个与自己毫无瓜葛的陌生人。

汤于彗最怕这种厚重的好意，但同时他也感到不可思议，因为在这样一个热情而温和的夜晚里，他生平第一次产生了倾诉的渴望。

可是医治长痛的过程并不能立即见效，所以汤于彗只能很甜地笑着。一面唾弃自己，一面揣着这份郁热的体贴不愿意放开。

晚饭的量实在太大，他们这一顿吃了很久。

汤于彗本来不太爱喝酒，但康赭带他买的这瓶青稞酒却十分清润绵甜，悠香醇厚。

汤于彗觉得很好喝，像甜甜的泉水一样，又主动敬了康赭的家人好几杯，逗得康父、康母频频大笑。甚至他还一时得意，胆大包天地拒绝了一次康赭的挡酒行为。

离席时都还很正常，但是当汤于彗站在院子门口和康父、康母道别的时候，他突然开始觉得世界都呈不规律的角度旋转。

汤于彗慢慢地失去平衡，下意识拽着康赭的袖子，但仿佛是一种肌肉记忆，指尖没有碰到康赭的皮肤。

这是一个需要用力才能保持的手势。康赭表情冷淡地看着自己的袖口。他很不想照顾醉鬼，考虑把汤于彗丢在这里留宿一晚，相信他阿爸、阿妈一定很乐意。然而康赭刚要动，身体却蓦地一顿，因为手上突兀地传来了一阵体温。

醉鬼汤于彗紧紧攥住袖口的手指静静地往下滑落，很轻地将手掌慢慢合拢。

康赭几乎是在那一瞬间自然地产生了一种怜悯的感情。

汤于彗醉得视线难以对焦，他的指腹停在了康赭突出的指节上，触摸到了一层粗粝的薄茧。

他看不清，只能静静地感受着。他想起了红色蜻蜓如茧一样的翅膀。

康赭等了很久，正在考虑要不要直接抽回手的时候，汤于彗突然很轻地放开了。

汤于彗抬起了头，努力地眨了几次眼，觉得好像清醒了些。但他的眼睛还是睁得很浅，带着一种静谧和伤心："我们现在要回去了吗？"

康赭沉默了一会儿，夜色稀释了他的叹息，他把袖口挽到肘部，扶着汤于彗站了起来："走吧。"

喝醉的人总是比平时沉一点，幸亏汤于彗喝多了以后很安静，除了不舒服地蹙着眉，没有动来动去，否则康赭不知道会不会后悔载他回去。

因为回去时车开得很快，康赭怕汤于彗掉下去，把他的手臂圈过来，环住了自己的腰。

汤于彗一开始还很乖，后来可能是酒意晕散了，他开始觉得热，整个人不安分地动来动去。

狭小的摩托车座上，康赭啪的一声用力地打掉汤于彗四处乱动的手——

那一块皮肤被夜风吹得发凉，而汤于彗的手实在很烫。

汤于彗瑟缩了一下，康赭很用劲，他的手背立马现出清晰的红印。

他像是被吓到了一样缩在后边，刚才还乱动的手也无精打采地垂了下来。

可是没过一会儿，醉鬼又不记得了，康赭感觉汤于彗好像没有意识到自己正被人载在山路上，而是仗着酒意制造麻烦，以为自己抓住了一团可以随意揉搓的被子。

康赭没有再把汤于彗的手打掉，沉默了一会儿，他忽然在夜色中淡淡地笑了："你是不是故意的？"

汤于彗茫然地抬起头，只能看见"冰山"的背影。

汤于彗努力地侧了侧头，但是从这个角度仍然只能看到康赭微微上扬的嘴角，看不到他的眼睛。

他有点迷茫而委屈地道:"我本来就没醉啊。"

康赭笑得更厉害了:"没醉你瞎动什么?"

汤于彗很长时间都没说话。在康赭看不到的角度里,他的眉头都蹙到了一起。他现在无法理解康赭在说什么,只能诚实地答道:"你身上很凉。"

康赭没有再说话。过了一会儿,在汤于彗快要睡着的时候,他突然把摩托车开到了路边,然后减速停了下来。

他踹下摩托车的单撑,让它倚在公路的护栏旁,然后伸出两只手撑在后座上,居高临下地看着汤于彗。

汤于彗还坐在摩托车上,康赭圈住了他,意思是不准下来。

被康赭清晰的烟味包围,汤于彗霎时间明白自己可能真的醉了。因为他们离得很近了,但康赭看上去还是面容模糊。

两个人的呼吸声淹没在湍急的流水中,几乎无法在山中的寂静里遁形。

康赭真的是个很没耐心的人,看起来一点也不在乎喝醉的汤于彗是否难受,而是带着似笑非笑的神色饶有兴味地看着汤于彗几次聚焦失败的眼睛,看他晕晕乎乎地将头点来点去。

意识到自己醉了却无法清醒过来是一件痛苦的事。汤于彗愣愣地仰头看着康赭,不知道他要干什么。

因为困倦,汤于彗带着一些疲惫。他想不管是醒着还是醉了,他好像都在被康赭不带什么意义,也不带什么感情地观察着。

他这个干枯的三维生物,始终在被一种奇异的受力不断挤压,等着被封进一个黑暗而寂寞的真空里。

远处嶙峋又绵延的山坡,在黑夜里不过也只是泛着暗辉的几何阴影，星星如常地缀在天幕上，而月光此时正如流水一样倾洒在他们身上。

在康赭抬起手之前，他自己都没有想到他真的会轻轻地将汤于彗往下推去。

他们背后是又急又闷的河水声。汤于彗由于没有从摩托车上下来，因此少了护栏的支撑，然而就在他重心不稳要往后倒下去的时候，单薄的后背却抵在了一只安稳的手臂上。

突然的悬空让汤于彗差点尖叫出来，但是受酒精影响他并没有做出这么剧烈的反应，而始作俑者则翘着嘴角看着他。

康赭平静得仿佛什么都没有发生过，淡笑着问："醒了吗？"

汤于彗早就被刚刚那一下吓得魂飞魄散，他呆呆地点头："醒了。"

康赭又问："还醉吗？"

汤于彗立马摇头："没有，不醉了。"

康赭没说话，安静地端详了他一会儿，然后突然笑了。

汤于彗看见康赭的"武器"又露了出来，如同矿物被镶嵌在人类的书写方式里，从简单的生物蛋白质中生长出一颗纯白的釉石。

康赭带着笑容，慢慢地往后退了一点，而后眼里的笑意减淡，汤于彗就看不到那颗被藏起来的釉石了。

他又问了一次："还醉吗？"

这个问题很奇怪，汤于彗想。很短的时间间隔内，生命中的很多片刻在他脑海里浮游，那些无机物的语言、机械和仪器的银光、写满黑板和纸页的方程，那些自己以为曾理解、学会的很多力量，此刻一一挥别了他，汤于彗不知道该怎么回答。

他试探性地改换了答案，不确定地喃喃道："还有一点？"

康赭"嗯"了一声，也不知道是不是满意了，他将摩托车的单撑踢起，在汤于彗怔怔的目光中，一言不发地跨上了车。

康赭十分冷淡地道："等你不醉了我再来接你。"

夜已经很深了，山区的公路上没有其他人，连峰峦都隐没在黑暗中，汤于彗一时间甚至不知道康赭是不是在开玩笑。

他连忙对着离去的摩托车疯狂吼道："我真的不醉了！康赭——不会吧——"

然而无情的引擎声还是逐渐远去了，汤于彗简直不敢相信现实，愣愣地倚在护栏上，被冷风吹得打了个哆嗦。

四周迅速陷入黑暗，夜晚的山是会鸣叫的，听上去惨厉又凄清。汤于彗没有任何在户外过夜的经历，这样被丢在高原的半路上，他想象到了好几种遇害的方式。

好在仿佛惊悚片一样的场景并没有发生，在汤于彗崩溃之前，像破晓一样，摩托车的车灯拂亮了黑暗。

康赭骑在摩托车上，带着十分恶劣却坦然的笑容。

那颗釉石又露出来了，汤于彗听着康赭半似威胁半似认真地对他道："记住刚才害怕的感觉，以后不要再喝那么多酒。"

汤于彗在星辰下，没什么办法地点了点头。

康赭的眼睛里盛着月光，依旧泛着蓝，很漂亮。

虽然只有一小段距离而已，他却像是从被云层藏起的皎洁中跋涉而来。

"好吧。"汤于彗也笑了，"谢谢你载我回去。"

第四章 逐云

1

后面的记忆已经模糊不清,等到汤于彗有意识地睁开眼,已经是第二天清晨了。

眼睛接触到阳光的第一瞬间,汤于彗甚至根本没有想起别的事,只是感到迷茫——他在哪里?

本性使然,汤于彗只要一提出问题就想很快弄清答案,所以在盯着天窗眨第二下眼的时候,他就已经明白了当下的状况。

学术不端、休学、扫地出门、甘孜、春季、康赭……这些词语很快地在他脑海里形成被箭头串联的曲谱。

汤于彗想起自己喝醉了,感觉头又开始疼起来。

莫名其妙地,汤于彗的睫毛突然短促地颤了一下。紧接着,其他名词开始如暴雨一样砸在汤于彗的神经上——

青稞酒、河水、冰冷的栏杆和山脊上的月亮……

连接这些词语的箭头还没有打出来,但是汤于彗已经下意识地打了个哈欠,这时他闻到了口腔中未散的酒味。

好似冰冷的釉石贴到皮肤上,汤于彗一个激灵,完全醒了。

他对着空气中被晨光沁润的灰尘发了会儿呆,又很慢很慢地眨了下眼,然后把自己埋在了被子里。

汤于彗磨蹭了快一个小时才缓慢地拖着沉重的身体下了楼。

他头一次在镜子里端详自己这么久，企图用镜像练习视线相对。他尽可能地像平常一样自然，却练得越发别扭。

居然在别人家喝到醉得像一摊软泥，不仅被康赭载回来了，还在路途上很不老实地添了诸多麻烦……汤于彗深吸了一口气，觉得有点羞愧。

然而康赭好像和平时没什么区别，他看到汤于彗下楼，平静地道："早。"

汤于彗不自然地举起手，嗓子有些干："早上好。"

康赭走了过来，站在汤于彗面前："休息得怎么样？头还疼吗？"

汤于彗吸了一口气抬起头，看向他："还好……还有一点，但已经好多了。"

康赭用一种难以形容的笑意挑起嘴角："还醉吗？"

这笑容和话语让人晕眩，像回到草原夜晚的季风里，汤于彗头疼地道："不醉了……你是不是只会问这一句？"

康赭挑了挑眉，有点惊讶地感叹道："你居然记得啊。"

汤于彗避开他的目光，低下头："一般来说也很难忘掉吧？"

想到这儿，汤于彗咳了一声，努力地提高了音量："你可是把我扔在了马路上啊。"

康赭闻言淡淡地笑了笑："倒是记得点别的啊。"

因为知道汤于彗宿醉难受，康赭难得早起，去集市上买了粥和小酥油包。即使汤于彗并没有胃口，康赭还是逼他吃了很多。

在努力塞食物的时候，汤于彗不知道为什么，突然问出了困扰自己很久的问题:"你为什么要给自己的微信取名叫康巴小王子啊？感觉不像是你会做的事。"

说完，汤于彗看见康赭很少见地愣了一下。那个样子很可爱，让汤于彗几乎忘了自己问了什么。

康赭笑了笑:"不是我啊，是我的羊。你在家里不是见到了吗？没认出来？它才三岁，叫嘉瑟，就是藏语里的王子。它阿爸长得很英俊，阿妈也很漂亮，是羊群里地位很高的情侣。"

他看了汤于彗一眼，缓缓道:"再说我不是配了它的头像吗？怎么会以为在说我？"

天，太可爱了吧。

汤于彗不知道这样合不合时宜，但一时也无法自控，眼角弯起，露出了非常灿烂的笑容，漂亮的脸呈现出从没见过的神采。

康赭挑眉看他。汤于彗笑够了，支支吾吾地辩解道:"谁看了都会以为你在说自己吧？"

康赭无所谓地笑了:"那随便吧。反正我微信里的人很多，你是第一个问这个问题的。"

汤于彗在心里叹了口气，因为其他人都默认了你是在称呼自己。是你，就是你吧，你就是故意的。

康赭嫌汤于彗吃饭太慢，"没收"了一个酥油包，冷静地道:"你慢慢吃，我们今天就可以不出去了。"

被抢了唯一念想的汤于彗两腮都塞得满满的，很忧郁地盯着他的酥油包，有气无力地道:"去哪儿？"

"今天去木格措，"康赭道，"我阿爸、阿妈早上打电话，让我带你出去。"

汤于彗"哦"了一声，感慨地道："叔叔、阿姨真好啊。"

康赭咬了一口酥油包，很敷衍地认同道："是啊。"

汤于彗跟着康赭，这次没有再问要不要买门票。

他被康赭带着进了景区，感慨道："做当地人真好啊。"

康赭看了他一眼，很轻地笑了一下："希望你以后也会这样觉得。"

其实汤于彗本来没有抱太大期待，因为康赭对带他来景区玩一向很排斥，路上也没少编派木格措的坏话。但是站在泛着如鳞金光的深蓝色湖水面前，汤于彗看着康赭的神色，心想：你明明也很骄傲的。

汤于彗不知道是不是高原的湖泊都是这样，仿佛真的带了一点神性，那美好似乎不属于人间，应该遗落在神话和挽歌里。难怪总有那么多的故事。

眼前山河渺渺，群山苍翠。

七色海月牙形的湖面倒映着几乎一模一样的天光山色，那光线像是溶解在水中，点染出如缎一样的纤纤金浪，除了婉顺的涟漪什么都悄然无迹。

汤于彗现场就能编出一个童话。到了晚上，这里一定有偷捞月亮的罪人或神明。

他不动声色地离康赭近了一些。在他们不远处有一对游客，女孩子刻意地穿了鲜红色的长裙，在荡漾的湖光前摇曳。男生举起手机，不断换着蹲姿拍照。

汤于彗很小声地道："我可以站在你旁边吗？"

康赭侧过脸来看他。好了，现在溶解金光的逝水淌在康赭的眼睛里了，汤于彗想。

他看见康赫露出了费解的表情:"你不就站在我旁边吗?"

汤于彗跨了一步,差一点就可以和康赫并肩而立:"再旁边一点。"

康赫没说话,转了回去,盯了湖面很久,第一次看懂了金色的涟漪。康赫想:汤于彗胆子不大,看似很单纯,还常常袒露畏惧,但是只要跨过了谁也不懂的一个点,他就会拥有一种无畏的勇气,真的是个很神奇的人。

湖面如天空背影,康赫看着湖水,淡淡地道:"再旁边一点吧。"

2

汤于彗的生活在康赫的带领下终于丰富了起来,他开始像个合格的游客了。

他去了木格措,看了薰衣草田,爬了好几座他不记得名字的小山。

他们回去的时候常常会路过一座寺庙,康赫没有带他进去过,汤于彗每次就安静地坐在摩托车后座上,悄悄双手合十,祈求康赫快乐、健康。

康赫不会每天都带他出去玩,更多的时候他们只是待在一起打发时间。

汤于彗获得了进入后院的权限,那里竟然还有一个被康赫改造过的小书房,成了他们消磨时光最久的地方。

康赫有时候会邀请汤于彗一起看电影。汤于彗每次都答应得很高兴,但其实他对纪录片以外的电影并不热衷。如果一起躺在沙发上，更多的时候他也只是在一旁看康赭专注的侧影发呆。

康赭从来不要求他集中注意力，任何事情都是，汤于彗喜欢就好。被看他也没有什么反应，也不会主动和汤于彗讨论内容。

汤于彗觉得他有种安安静静的疏狂气质，常常被理解成冷淡，其实这也没什么错。但康赭只是对什么都不在意，他不关心万物，不关心明天，所以能永远保持清醒、漠然。

看电影的时候，康赭的侧脸在黑暗中常被投影仪的光线勾勒得更为深邃。荧蓝色的冷光投射在空中，让汤于彗联想到很久以前在学校礼堂播放的星轨纵横的银河。

他觉得康赭像一颗沿闭合轨道做周期运动的卫星，有时候近，有时候远。而自己所在的星球，安静地运行在一个遥远的点上，不离开也不靠近。

汤于彗没有过问太多，和康赭相处就如同宁静地在云海遨游，不深进也不靠岸，只是荡舟逐流。

汤于彗并不认为自己追上他了，但他愿意做那颗被注视的、无言的行星。他可以像是在黑暗中被塞入一个填满棉花的房间，闭着眼，听话地保持沉默。

自醉酒以后，两个人之间仿佛破了那层客气的薄冰，康赭变得愿意和汤于彗共度更多时间。早起虽然是昙花一现，但是很多时候，康赭下午也会待在客栈，汤于彗晒太阳看书，康赭就在他旁边打游戏。

天气越来越热，午后被放肆的春暑侵入，恹恹欲睡突然变得合理。汤于彗常常蜷在葡萄架下午休，然后被康赭和晚饭的浓郁香气叫醒。

他和柯宁打过好几次电话，柯宁的态度总是很复杂。但柯宁并没有问汤于彗太多关于现在生活的问题，这点倒是让汤于彗感到庆幸。

天气暖和了，汤于彗带的稍薄一些的衣服也渐渐地能派上用场了。虽然他还是会在早晚借康赭的羽绒服穿。

汤于彗懒筋作祟，一点也不想回到城市。即使是小县城，他想到要去逛街也觉得很麻烦。

因为太满意米虫一样的生活，他很快就产生了新的需要。汤于彗托了柯宁寄书给他，但他没想到有一天竟然真的会收到。

镇子上没有快递点，柯宁给汤于彗打电话的时候，他一片茫然，只能托康赭专程把那一小箱重重的书载回来。

康赭抱着箱子进门的时候，汤于彗虽然不好意思，但还是很快迎了上去——

"麻烦你了，是不是很远啊……"

"没有，骑车还好。"康赭去前台拿了一把小刀，帮汤于彗把箱子拆开了，"但是与其寄这么多书，你还不如让你朋友给你寄点衣服和生活用品。有想看的在电脑和手机上看不就好了？"

汤于彗道："那不一样。"

康赭点点头，他以为汤于彗有阅读纸质书的习惯，但汤于彗实际想的是，这样他就有足够的借口不把这些书带走，他会顺其自然地留给康赭。

如果能送给康赭什么，他希望留下"汤于彗"这个人的意义，希望朋友能共享自己的思想。

康赭随意地翻了翻："你看这么多书？《一维量子物理》《多

体系统的量子理论》……这都是什么……"

他拿起几本包装明显不同的薄薄书册对汤于彗道："这几本是什么？这是英文吗？你的书我好像没几本能看懂。"

汤于彗："这是我搜集的诗集原版，上面是西班牙语，是我本科辅修的第二专业。"

"你到底是学什么的？"康赭笑了，"不仅是少爷，还是学霸，你的人设太理想化了吧。"

"没有那么夸张啦……"汤于彗想了想道，"其实很难解释，我学的还是物理，但是研究方向是凝聚态，它是一门很复杂的学科，总的来说就是研究原子、分子和人工原子、分子的集合体。我对理论不太'感冒'，所以一直在做与化生交叉的材料实验。"

他淡淡地笑了笑："其实我最喜欢的是语言，可我家里人不让我读。我爸爸是工程物理学家，以前在大学教书，后来开始研究火箭；我妈妈是地质古生物研究所的研究员。他们都觉得自然科学才是人间的真理，并且常常相互看不上，更不论其他'笨人'的语言。

"但我可能比较有天赋，你可以试试教我藏语。我应该能学得很快。"汤于彗说道，笑容甜甜的。

康赭表情没变，伸出了手，诚恳地拍了好几下。

看见汤于彗投来怀疑的目光，康赭举起双手，很无辜地道："我没有别的意思，是真的觉得很厉害。"

沉默了一小会儿，汤于彗又弯起眼角："对吧，是很厉害吧？"

"嗯，跟我想的不太一样，"康赭凑了过来，纠正道，"我是说你。"

汤于彗一愣："我吗？"

"是啊,"康赫道,"比我想象的聪明太多了。"

汤于彗对此没有任何异议,他轻轻地道:"也没有很聪明吧。我有很多事都做不好。"

康赫道:"每个人都有很多事做不好。"

"你有吗?"汤于彗又毫不自知地露出那种纯真中透着点引诱的表情提问,和他表述的聪明面貌完全不一样,"我总觉得只要你想做,什么都能做得很好。"

"恰恰相反,"康赫抬起眼皮,"有很多事我都无能为力。"

那是因为你想做的事很少,太少了。汤于彗在心里默默地补充道。

康赫好像对汤于彗的书起了不小的兴趣,游戏都打得少了,常常和汤于彗蜷在葡萄架下的躺椅上一起打发时间。

虽然康赫常说看不懂,但汤于彗觉得并不完全是那样,康赫很有条理地从易到难选择了书目,这几乎是研究入门的顺序,并且他停留在每页的阅读时间正在逐渐缩短。这期间汤于彗并没有告诉过他任何要点,所以汤于彗觉得康赫真的很聪明。

这些书汤于彗早就看过,柯宁寄给他无非是担心他过于颓废,但其实这只是无妄之忧。哪怕是最难的那段日子,汤于彗也从来没有忘记在每天起来的时候刷一遍当天的期刊和论文消息。这是十多年刻入骨髓的习惯,几乎和呼吸一样成为汤于彗生活的一部分。

好在他真正想读的那几册薄薄的诗集也被寄了过来,所以他并没有什么可抱怨的。

现在几乎到了一年中最好的季节,梦想、感情都和万物一样郁郁葱葱。汤于彗和大多数人一样，开始投入大量的时间在这个季节注视天幕，长久地凝聚目光中的云。

读书是一种适合迎接春天的方式，更何况是高原的春天。草薰风暖，光阴洁白，所有的美丽都在打破沉默。

汤于彗在渐渐生长、改变，尽管慢很多。他等待一场春天已经很久很久了。

3

春天来了，甘孜的旅游业也开始回暖。客栈里陆续有了别的游客，已经过了农忙时节的康父、康母也常会来店里帮忙。

汤于彗在整个店里找到了一个最舒服的角落，那就是屋顶的露台，在三层，康赭把钥匙给了他。

安宁的假期被渐挤的人群打断，但是汤于彗没太大异议，因为他得到了补偿——他特别喜欢看康赭接待游客的样子，觉得实在是"made my day"（让我一天都很愉快）。

汤于彗发现康赭不耐烦的时候，往往会掀一下眼皮，然后厌倦地放空视线，一句话也不会多说。但康赭多看人一会儿，那些再油滑的客人也会开始支吾，要么直接在长久的沉默中放弃，要么去找更好说话的康父、康母。

另外，正如汤于彗预料的，康赭此人还可以又冷又甜，他能不动声色地岔开背包客的徒步邀请，也能游刃有余地应付所有漂亮小姑娘的搭讪。

有很多人都想邀请康赭，意图多样。但是康赭都拒绝了。

康赭不忙的时候会带汤于彗出门，忙的时候就让他自己去拿钥匙。

一次醒来的时候，汤于彗的脸被键盘压出了印子，但身上盖了康赭那条又大又厚的红色毯子。

积极向上的状态即使不用过多地传达，也能让周围的人感受到。尽管汤于彗没有刻意说明，但是柯宁也知道了他的境遇正在一点一点转向好的方向。

柯宁虽然焦虑到快睡不着，但他是汤于彗最好的朋友，一个不好的字也难以开口。于是他只能利用汤于彗这阵心情好得不得了的劲儿，狠狠地给汤于彗灌了好几桶廉价的"鸡汤"。

"鸡汤"是有用的。汤于彗确实觉得生活开始变得美好，世界在放松和自由中重新变得缤纷多彩。他接受了柯宁的建议振作起来，突然觉得此前遭受的所有背叛、屈辱与冷遇，归根结底也只是被他的自尊放大了伤口的小事。

汤于彗并不勉强、软弱，也从来不凄惨可怜。

他很强大，足够拥有重来的勇气。

在柯宁不怎么走心的人工"鸡汤"和他本身愉悦心情的双重作用下，汤于彗恍然间感觉到了天地与蚍蜉巨大的体积差，讶异于自己竟然会被困在这样渺小的坎坷中。

如果让康赭来看，一定会觉得他的烦恼实在是沧海一粟。

算不上重拾信心，但汤于彗隐约理解了一种笼统的、不知所谓的伟大。他没有更大的梦了。这沿途无论多么崎岖，都为他带来了奔逐过的美好天光。

这天黄昏，汤于彗正裹着毯子在屋顶看论文，他身边有一杯冷掉的酥油茶,是康赭出门前给他做的。

康赭从来不给客人打酥油茶。康父倒是会打,但平心而论,他打的其实没有康赭打的好喝。

康父心善和蔼,酥油茶卖得并不贵,不过即使客人遵约提前预订,也要二十块钱一壶。

汤于彗天天喝,倒是从来没有被收过钱。

几个小时前康赭把客栈里的几只羊牵出去转山了,他说见不到嘉瑟,但是要适当地"雨露均沾"。"可爱"一词汤于彗已经说得厌倦了,于是他只能就着酥油茶香,对正要出门的康赭露出一个眼角弯弯的笑容。

等到康赭回来的时候,薄暮已促彤云,而汤于彗在屋顶待了一个下午,鼻头又被晒得发红。他的皮肤实在太薄太白,细小的绒毛生长在樱红的唇边,实在像是一种被信仰照拂的恩赐。

康赭把羊赶进圈里,站在院子里看了一会儿屋顶上落日的圆影,然后拿出一支烟,想了一会儿又放了回去,抬脚朝向楼梯口走去。

汤于彗看论文看得认真,突然被康赭拍了拍肩膀。

他吓了一跳,四肢先于大脑做出反应——他如同受惊吓的兔子一样回过头。康赭却没有看他,而是将视线落在汤于彗的电脑屏幕上,专心地把页面上的最后两行看完了,然后才转过来,对着汤于彗无所谓地笑了笑:"看不懂。"

那个笑容转瞬即逝,却让汤于彗瞬间失去了语言。最后一束夕阳光线和那个笑容一起,在天际绽开又消融了。

康赭揉了揉他的头发,没再说什么,转身下楼了。

汤于彗看了电脑屏幕很久,页面上的"宋体小四"文字沉默地注视着他。

暮色仿佛能够将人的眼眸变得深邃。赤色的云辉映天幕,汤于彗安静地坐在那里,看起来又开心又难过。他不知道坐了多久,直到天色变黑,四周静谧,屏幕上弹出了康赭的消息:你不是一直说想放羊吗?明天带你去吧。

汤于彗看了一会儿,伸出手按了一下自己的眼角,回复了一个"好啊",然后慢慢地合上了电脑。

人们对于放牧美好的想象,大概可以追溯到很远的时候。

这个古老而苍凉的词似乎总伴随着草原旷远的风,悠远的笛声,一切和自由有关的想象……

汤于彗想,那是因为他出门只是在坐标间平移,乏善可陈;可是康赭出门却似旅人。每见康赭驱马牧羊回来,他总有种跨越千山万水之感。

但是放羊比汤于彗想象的难多了。不知道为什么,一向温顺的羊群,在汤于彗这里尤其叛逆,他赶也赶不动,都出了汗,却还是有独自行动的山羊。汤于彗被逼无奈,最后还是要求在一旁懒懒地看着他的康赭帮忙。

果然,小羊们一被康赭驱赶,就恢复了温顺的本性。康赭让它们往东它们不敢往西,看得汤于彗莫名气愤,暗骂自己实在是不争气。

羊群被赶到山坡上吃草,康赭就带汤于彗到山坡的背面躺下。

他们并肩而靠,汤于彗闻到青草的香味。落山风从他们中间静静地穿过,他转过头看着康赭。

康赭同样在看他,他对汤于彗笑了:"你是不是会讲西班牙语?"

　　"嗯,"汤于彗答,"你要学吗?"

　　康赭道:"我不学。我每天用藏语给你读你的那几册诗,作为交换,你每天用西班牙语给我背一段佛经,怎么样?"

　　"为什么?"汤于彗一愣,"佛能听懂吗?"

　　康赭想了想道:"听不懂吧,我也听不懂。"

　　汤于彗十分茫然,但并没有拒绝康赭。他怎么可能拒绝康赭,这简直是天上掉馅饼。

　　因此后来几天,康赭每天都带他来山坡放羊。当康赭用藏语念诗的时候,古朴低沉的语言确实宛若康赭朗读的"青铜的星体"。汤于彗会把他听不懂的字字句句都翻译成那天他在心里默念的语言。而汤于彗依照约定,对着佶屈聱牙的经文,会艰难地在脑海里做好几次转化,然后磕磕巴巴地背出来。

　　有一次他开了小差,康赭漫不经心地听着他背佛经,阳光穿过云层洒在他们的头顶,智利的诗歌离他们很远很远,汤于彗闭着眼睛背了一句诗。

　　两个人经历完一番毫无意义的三语交流,康赭便把羊都赶回去,然后骑着摩托车带汤于彗去河边玩。

　　他们蹲在一条小溪的分流上,汤于彗脱了袜子,两足像雪一样洁白。康赭把他带往岩角最尖利的石群上面,让汤于彗赤足站在那里。

　　脚刚碰到石头,汤于彗就微微地皱了皱眉:"有些疼。"

　　康赭看了他一眼,淡淡地道:"你不知道吗?本地的藏民流行一个传统，踩这里的石头有助于按摩穴位，对身体很好。"

汤于彗慢吞吞地眨了眨眼："是吗？"

汤于彗听话地站了一会儿，裸着的双足被冰凉的小溪水冲得泛白。石头实在太尖，他抬脚一看，脚底都是被石块硌出的红痕。

康赭拉了一把失去平衡的汤于彗，一边笑一边说："对不起，这是骗人的。"

被骗的汤于彗滞缓地看着那颗作恶的虎牙，停了很久，突然泄愤一样用脚踢起了清冽的溪水，结果没有掌握好力气，先溅了自己一身。

康赭笑得更厉害了，他合格地演示了一个骗子的道歉。他把双手按在汤于彗的肩膀上，用了点力，汤于彗便完全跌坐在溪水里。汤于彗震惊地抬起头，却发现康赭将自己的脚垫在了下面，因此他并不疼。

康赭在这种时候总是会笑的，他逆着光，无知无觉地说了声"抱歉"，然后道："不过很凉，对吧？"

4

凌晨三点，汤于彗给自己原本的博士生导师写了一封很长的邮件。

在事情发生以后，他并没有和导师联系过。一是因为羞愧，也许柯宁帮他解释过，但是愧疚感还是挥之不去；二是汤于彗也不知道该怎么说，他做不好道歉这件事，因为他不知道自己错在哪里。

汤于彗不想打扰老师的工作，也或多或少地有点胆怯，所以特意在凌晨发了这封邮件。

他知道搞科研的一向睡得晚,但没想到老师昼伏夜出到了这个地步。他的邮件发出去后没隔多久,就收到了回复。

原本会成为他博士生导师的这位老师德高望重,在一向普遍要求严格的学院里,是出了名的不近人情。众多师兄、师姐都抱怨过跟着他读博是一个很挑战自我的人生阶段,不过汤于彗之前和老师有所接触,感觉适应得还好。

老师确实说话一向犀利尖锐、毫不留情面,即使是汤于彗也不会说他是一个亲切的人,可是今天,汤于彗从这一封平常的邮件里读出了老人斟酌过后的安慰。

言语虽然仍是一贯的严厉,但邮件的内容罕见地涉及了大部分与考博有关的书籍建议。

本来类似考博这种事和汤于彗毫无关系,他本就该毫无异议地带着最高水平的荣誉跟着最厉害的老师继续做研究。所有人也都是这样理所应当地认为的。

即使汤于彗的事在学院里传得沸沸扬扬的时候,老师也表示过不介意学校给的延毕处理,仍然把保送名额留给汤于彗。但是汤于彗坚持要考,并在邮件里向老师表达了自己的想法。

不过老师好像并不在意这种小事,似乎也没有很介意汤于彗离校一年的样子。

邮件的最后写着:下学期回来干活儿,怎么找你还找不到了?

汤于彗从小就很优秀,人生履历漂亮得让人有距离感,他又一向自主独立,敬重老师却并不亲近老师,这是他第一次看邮件时产生了酸涩的感觉。

他没有在邮件里回复老师准确的回京时间，只是郑重地道了谢。

汤于彗的房间里信号很好，点击发送邮件后，加载的小圆圈几乎只转了一下就显示发送成功。页面跳转的瞬间，汤于彗有一种从浮云间落地的感觉，似乎能听到起落架放下来的轰鸣声响。

甘孜突然变得离他很远，尽管他还置身其间。

汤于彗觉得自己恍若一个久游沙漠的旅人，在一片黄中漫无方向地走了很久，突然在荒漠的中心找到一艘飞船。

这种荒诞的异象提醒游人，飞船会带领他飞离短暂靠岸的星球。

邮件是宇宙飞船，宇宙飞船是梦里的蝴蝶，一旦碎了，就不知道是这个生长在川西草原、比本地人还热爱本地的汤于彗做了一场二十余年的旧梦，还是那个在最高学府拿最高的奖学金、寂寞地注视着电子仪器睡着的汤于彗拥有的一场遥远的梦想。

或许他的快乐时光本来就是拼接在一起的，拥有它们是被飞船带走的代价。汤于彗想。

由于一些特殊的理由，汤于彗最近有时候会避开康赭单独行动。他避得不动声色，因为康赭越来越忙，好像并没有注意到。

这个时候镇子好像在筹办什么节日，每天都有或年轻或年长的藏民来找康赭。同时康赭还要应付游客，每天几乎都忙得看不见人影。

汤于彗不觉得观察康赭待人接物是件有趣的事了，因为他看到了康赭的疲惫，以及掩盖在疲惫之下的厌倦。所以晚上他会等康父、康母都睡下了,再偷偷溜去找康赭。

他们有时候会坐在已经绿油油的桃花树下,抬起头看同样倦懒的群星;有时候他们会坐在床边看不同语言的书……不过也有的时候,汤于彗过去的时候,康赭已经睡着了。

两个人错开了闲暇的时间,康赭经常不知道汤于彗白天在干什么。

汤于彗往镇上的学校跑了好几趟,但是由于他没有通过学校项目沟通,又只承诺会待到暑假,所以仅有的两所学校都不愿意招他当老师。

即使是免费支教,而且相当来之不易,条件很差的当地小学也很排斥这种心血来潮般的短期活动,并没有同意汤于彗的申请。尽管汤于彗可能是他们见过的最"金贵"的"大学生"了。

留下的理由比预料的还要难以寻得,汤于彗还不敢告诉康赭,他忧虑康赭的反应,预感康赭并不会感到高兴,所以先斩后奏已经是他暂时能想到的最好的办法了。

这天下午汤于彗再一次独自出门,康赭从加洋那里回到客栈,康母在后面的厨房里,康父正坐在大厅里看电视。康赭在门口站了一会儿,康父笑了笑道:"找小汤呢?"

康赭没回答,康父道:"你都打量一圈了。小汤出去了。"

康赭反应平淡地道:"又不在?"

康父转过头来看了他一眼,纳闷道:"你之前不是不爱带人家玩吗?"

康赭掀起眼皮,纠正道:"现在也没多爱带。"

他拿起放在桌子上的摩托车钥匙,没打算听他阿爸后面的话:

"走了，晚饭前回来。"

再一次被学校拒绝，汤于彗顺着河流漫无目的地走，不知道拐到了哪一个岔道上，走到了一座他没见过的寺庙前。

康赭不在，他不了解情况，不敢贸然进去。

这是座相当寂寥的佛寺，已经有些破旧了，汤于彗没有碰到僧人，兴许是去转山了，或者里面早就已经没有人在了。

外面有一个很高的平台，像是祭坛，中央建了一座高大的白塔。

汤于彗走了上去。他一直觉得好奇，但还是第一次近距离看这种在康定草原随处可见的白塔。

塔的顶端挂了一圈风铃，不时有风轻轻吹过，又沉又远的声音回荡在空阔的四周。

明明是很简朴的一座塔，但是发声的瞬间就像被天地唤醒一样，一刹那有了一种辉煌、肃穆的感觉。

康赭找到汤于彗的时候，隔着老远就看见他站在平台上，用手触着白塔的底部，仰着头看向顶端，很入神，不知道在想什么。

摩托车发出轰隆的响声，康赭都骑到面前了，汤于彗好像还没发现，在原地没动。

康赭将摩托车停下，腿一撑地，突然也不想下去了。他抬起头，沉着嗓子喊了一声上面的人："汤于彗。"

塔顶的铃铛又在风鸣中被唤醒，汤于彗的听觉一寸一寸地生长回来——

康赭很少叫他的名字，这时乍听起来竟像隔着一条逝水。

汤于彗的大脑还在空白之中，但他好歹动了。康赭看着他的样子皱了一下眉："要我请你下来吗？"

康赭蹙起的眉头让汤于彗顿时回神："不用……你怎么在这里？"

康赭道："出来买东西，我阿爸让我顺便把你带回去。"

空白的思绪开始流动，宽阔的天地间仿佛霎时开满锦簇。汤于彗眨了眨眼，缓缓道："你来找我啊？"

康赭拧了一下把手，作势要发动摩托车，汤于彗立马识趣地闭嘴。他正打算乖乖地走下四四方方的平台，等得不耐烦的人却突然长腿一跨，走了几步站在台阶下面，仰起头和站在高处的人对视。

汤于彗正要说话，康赭却突然从下面摸到了他露在空气中的脚踝。

康赭很轻地捏了一下，不是很温柔地道："快点，回去了，饿了。"

汤于彗一个激灵，诚恳地道："有些时候我真的会被你吓到……"

康赭打断他："跳。"

汤于彗："什么？"

康赭露出笑容："你不跳我就走了，你自己回去吧。"

汤于彗往下看了看，也不是太高，但康赭真的不是个正常人吧？

汤于彗跳下来的时候，康赭看清了他脸上的表情，看清了他被风挽留时扬起的衣角，直到白塔顶端的风铃声穿过层云，直下草木，康赭的双臂才接到了那份重量。

汤于彗没有跌到地上，一抬头，看到康赭笑了笑。

115

康勒把头盔重重地扣在汤于彗的头上，有点凶地说道："以后去哪儿我送你，别自己跑出来了，知道了吗？"

5

康勒他们筹备的节日，是康定每年四月初八的转山会。

藏汉民族杂居之地很早就流传着这样的说法：农历的四月初八是释迦牟尼佛的诞辰日，所有的佛教信徒在此月内做善事一件，诵佛一声，可得十万倍之功德。

每年到了这一天，甘孜藏区远近的群众都会穿着民族服装，会集到跑马山上和折多河畔。

人们先到寺庙里燃香祈祷，焚烧纸钱，然后转山祭神，祈求神灵保佑来年顺利昌盛。

康勒告诉汤于彗，以前藏民每次在转山以后，会支起帐篷进行各种各样的活动，各个村子还会表演藏戏，唱民间的歌谣，跳锅庄舞、弦子舞，骑手们还会进行跑马射箭比赛。藏族姑娘们齐齐打扮漂亮后出门，在草原上席地野餐。

汤于彗想象了一下，感觉十分神往。虽然康勒泼冷水说现在早就不复从前的传统，更像是一个围着游客转的旅游节日了，但他仍然十分期待，数着日子盼望四月初八的到来。

他想让康勒带他去县城参加节日庆典，但是康勒显然想要拒绝的样子。康勒建议他自己坐车去，并提到每年转山会都有很多游客去凑热闹。

没有康勒作陪，汤于彗的兴趣一下子就淡了很多，他有点忧郁地道:"你为什么不去啊?"

康赭道:"因为那天确实是一个很重要的日子,我走不开。"

"你有什么重要的事吗?"汤于彗抿了抿嘴,还是很想去,于是心一横,放缓了语气道,"想让你陪我去啊。"

他这样说话其实不太自然,但气氛立马变得不一样了。这好像是汤于彗的天分,他用得极少,但屡试不爽。

柯宁说这是汤于彗的大杀器,让他不要随便拿出来。虽然汤于彗觉得柯宁的说法是一贯的商业式浮夸赞美,不过他也能大概明白,如果自己放低姿态,诚恳地提出要求,几乎百分之百不会遭到拒绝。

可能是他本人具有欺骗性——同样的话,汤于彗软下语气来,碳水化合物的含量仿佛就会比其他人饱和一些。他刻意在言语上裹一层甜霜子弹,希望康赭能短暂地被迷惑一下。

可惜康赭好像是糖分免疫人群,他没有任何反应地冷漠道:"应该不能。"

"好吧。"汤于彗其实知道大概会是这样,更忧郁了。因为实在很想去,他只能放低期望,选择 B 计划。

他忧伤又沮丧地道:"那我搭别人的顺风车去好了。"

"其实你可以不去,"康赭突然道,"镇子上一样有活动,只是没有县里的那么大。"

汤于彗眨了眨眼,一动不动地看着康赭:"哦。"

康赭瞥了他一眼,淡漠地道:"去不去?"

汤于彗沉默了一会儿没说话,突然拉近距离靠近康赭,仔细地打量他。

康赭没什么表情地看着汤于彗,语气平静地道:"你干什么?"

汤于彗抬起头,很严肃地道:"我在找糖霜的弹孔。"

"听不懂。"康赭"啧"了一声,挑眉道,"你到底去不去?"

"我不去了……"汤于彗弯起眼角,笑得很甜的样子,"那你们会怎么过节啊?"

康赭放下手,简单地道:"祭山。"

汤于彗一顿,犹疑着道:"哦……那我……可以去吗?"

康赭伸了个懒腰:"有什么不可以的。只要你保持应有的尊重,没有人会在意。"

"那我想去,"汤于彗道,"我想跟着你。"

康赭"嗯"了一声:"那你再去问问我阿爸、阿妈,跟他们打个招呼。"

"那我现在就去!"汤于彗扬起声道。

他迅速地一溜烟跑下了楼。

康赭站在屋顶的平台上往下看了一会儿,看见汤于彗手脚并用,在院子里和他阿爸兴奋地比画。他翻出手机打开日历,不动声色地在屏幕上敲了两下,盯着看了一会儿,然后锁上了屏。

汤于彗没一会儿就跑了上来。

"叔叔、阿姨同意了!"他高兴地道,"就是让我别说是你们家的客人,这样不太好。那我可以说我是你们家的亲戚吗?"

康赭在心里叹了口气,他把汤于彗揽过来,像逗猫一样语气轻慢地道:"那你是吗?"

汤于彗小声地道:"……这要怎么答啊!我推测这不是一道简单的问题。"

他的脸迅速地红了,温度计升温都没这么快的。

康赦感觉有趣,翘起一边嘴角:"那你叫声阿赦哥哥听听?"

"不叫……"汤于彗别过脸。

他的面颊红得几乎艳丽,但还是很有骨气地道:"你怎么总这样啊……"

"什么样?"康赦心情很好,很少见地提出疑问。

"嗯……就像是很会开别人玩笑的样子……但又很难让人生气。"汤于彗慢吞吞地道。

空气像突然被按下了暂停键,尽管很短,但是康赦顿住的轻微举动还是被汤于彗察觉到了。不过康赦的神色很快就归于原状,甚至还笑了笑,对汤于彗道:"哦,你不会生气吗?"

康赦的眼角弯起和之前并无不同的弧度,但是眼神却开始由秋转冬,尽管他的笑意不变,但是那种如影随形的模糊感又回来了——

他对着汤于彗缓缓说道:"我有时候也觉得奇怪,好像你很难对别人表露出不好的一面,所以你真的从来不会有脾气吗?"

听上去像是夸奖,但实际上是一种指责,汤于彗抿了抿唇,庞大的失落如茧一样地包裹住了他,他勉强地回答道:"嗯,对我来说是比较难。"

康赦盯着汤于彗的脸看了一会儿,然后静静地恢复成了汤于彗平时熟悉的康赦的样子——

他语气很慢地对汤于彗道:"也不是吧。有进步,现在看起来不就生气了?"

没有人说话,空气开始变成黏着的流质,密密地填满迟钝的空间。

过了一会儿，汤于彗才努力地笑了笑："没有啊，只是有一点惊讶，原来你早就看出来了？"

康赭同样沉默了一会儿，也扯了下嘴角："不然呢？你从第一天开始，整个人浑身上下都写满了'我有故事'四个大字，就算我不问是什么，也能看出来你不是很敢，这有什么难的？"

汤于彗摇了摇头，他不想继续这个话题，此时已经万分后悔将此事提起，只是简单地道："不是什么特别重要的事，我不是很想讲。"

康赭点了点头，无所谓地道："是吗？为什么不讲？"

汤于彗看了他的眼睛一会儿，有点疲惫地答："因为你并不是一定要知道。"

空气安静了一会儿，康赭如同站在一面镜子前，无声地对其中的自己漠然地笑了笑。

他等了一会儿，最终还是康赭伸出手拍了拍汤于彗的头，笑了笑道："你想多了，你要讲的时候，我会好好听的，没有不想知道。"

汤于彗很慢地眨了眨眼，他很想让康赭承认一次他的关心，又怕因为自己的依赖而让康赭感到厌烦，于是很取巧地调换了一种句法："你觉得……我有没有哪里……不会让人讨厌的？"

康赭凝神思考了一会儿，给出了一个明显文不对题的回答："皮肤？"

汤于彗吓了一跳，他的本意完全不是这样，转过头来睁大眼看着康赭，康赭却对他露出笑容："很白，像羊奶，还一晒就红。"

尽管并不出于自愿，但汤于彗的身体机能就像为了印证康赭说的永远是对的一样,面颊迅速地红了起来。

汤于彗甚至有点绝望地想:皮肤薄的人真的好惨啊,脸红到底有没有可能是可控的?这种条件反射完全不必吧?

康赫明白汤于彗想听什么,但认真回答问题的人永远那么无趣,于是他用疑问的态度换了一个答案:"眼睛?"他低着头,像是沉思了一会儿的样子,带着一点笑意道,"很好看?"

放弃了,汤于彗无言投降。

他垂下头,很小声地道:"算了,我不问了还不行吗……"

康赫笑了,他看了看汤于彗垂下的头,翘起嘴角道:"皮肤、眼睛、骨骼……都讨人喜欢,没有让人讨厌的。"

第五章 云水皆为自由身

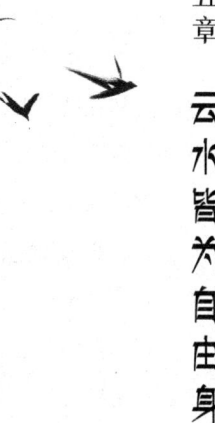

1

四月初八这天天气很好,在汤于彗已经习以为常的大密度云群中,他好像看到了来甘孜第一天时的蓝。

天空透亮得令他无法言语,那种蓝让他觉得干净、无忧。

康父、康母都提前出门了,即使这一天康赭也很难早起,快到中午才载着汤于彗出了门。

无垠的蓝色天空下,汤于彗仿佛也被这个节日的意义感染,变得明快晴朗起来。

他想起自己三年级的时候,于正则就开始考他初中数学。每周末他都要做一张试卷,很少有自由支配的活动时间。

汤蘮的书柜里有一套已经有些旧了的被淘汰的百科全书,上面布满了笔迹,看得出书的主人曾经用心地在上面投入了大量时间。

笔迹是汤蘮的,这书是他姐姐的,汤于彗在很久以后才知道。

于家有三间书房,于正则有一间,汤蘮有一间,还有一间综合使用,等汤于彗长大后这间分给了他。而那套百科全书,被放置在书柜中一个阴暗的角落。

小时候的汤于彗依靠直觉,没有告诉妈妈自己发现了这个角落,于正则和汤蘮都不在的时候,他常常会偷偷溜进去,津津有味地捧着这套百科全书读好几个小时。

他讨厌做于正则给他出的数学题,也讨厌学不懂的物理。物理很难,如果他不会,爸爸妈妈都会不高兴。

相对地,百科全书里的世界是那么简单而有趣:北极熊毛茸茸的很可爱,DNA有美丽的双螺旋结构,而我们生活的庞大的地球原来只是宇宙里一颗不起眼的小行星。

百科全书很大、很厚,在被汤蕤发现之前,汤于彗看了好多好多遍。

上初中以前,比桌子高不了多少的汤于彗已经能背出许多全知类的知识,下定义他最擅长,例如彩虹是一种光学现象,氧化还原反应的实质是电子的得失或共用电子对的偏移,而大气中的云正是一种水蒸气遇冷形成的美丽的、飘浮在空中的混合物质。

即使后来在各种教材、展览甚至是仪器上,汤于彗见过很多壮观的气象图,他也能清清楚楚地背出那套百科全书上对于云的概念解释——

"大气中的水蒸气遇冷液化成的小水滴或凝华成的小冰晶,所混合组成的飘浮在空中的可见聚合物。"

"你说什么?"康赭转过头来,隔着头盔对汤于彗问道。

汤于彗不知道自己居然背出了声,他笑得双眼眯成缝,大叫道:"我说你开快一点,要追不上了!"

康赭莫名其妙地道:"追什么?"

汤于彗没有出声,默默地在心里大喊:"你,你啊。"

他想,如果云知道,它一定听见了他的宣言,像过于饱和的水蒸气依附在凝结核周围。它感受到了他的悸动,感受到了他附着在这上面的物理意义和人文情感，这几乎是一种自然规律。

如此眷恋云海，欣赏像云海一样的人，汤于彗注定会沉浸在这种自由之中。

等康赭载着汤于彗赶到山脚下的时候，祭山活动已经开始了，仪式正式进行。

汤于彗喘着气和康赭爬上山顶，看见当地许多藏民围聚在一起。山顶堆起了一个简陋的祭坛——是用石头和箭矢累累堆起的石碓，康赭说这个在藏语里叫作"拉则"，也就是现在所说的"箭垛"或者"神宫"。

汤于彗很小声地问："这个有什么寓意吗？"

康赭道："这是神灵依附的宫殿。"

说不上为什么，康赭这句话刚落，汤于彗的心里就产生了一种巨大的震动——他看着面前静默的石碓，仿佛被无声肃穆的空气流穿了心肺，念经文的声音顿时被放得很大，近于群山的叹息。

天空清白，阳光变成一种温柔的钝器，无声地切割着人的思想和情感。

忽然，汤于彗和站在拉则的中心、作素衣僧侣打扮的老人对上了视线——

那是一双充满智慧又怜悯的眼睛，在漫长的时间中被生命打磨出了博爱的柔光。汤于彗被这样的光注视着，顿时产生了一种默然又浓烈的悲恸。

人群围着的中间，被点燃的松枝萦起一股倦怠的白烟，它们被高原的太阳照成金色的光带，好像一条升往云上的河流。

康赭昨天就提前告诉汤于彗，这种仪式叫作煨桑，松柏的枝叶

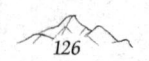

燃烟，能够洗涤晦气。

近乎跳跃在鼓膜上的悲吟和缭绕如烟的经文发生了共振，汤于彗闭上眼，曾无数次出现在梦里的康赭模糊的脸浮现在脑海里——

康赭带着笑看他，温柔地说道："我不希望你记得我。"

汤于彗回看过去，安静地想：为什么神灵一定要降临在缥缈里，如果他来生变成草木，会在枯萎成灰的那一刻见到他所求的那一道光吗？

想到这里，那薄如裙带的灰烟染上了一种他熟悉的、冷水一样的颜色，在天空中团成岛屿。汤于彗明白，这不是他的宗教，但他一生或许都将循着这缕吟唱，追逐那道蓝色的光。

肃穆的祭祀仪式过后，康赭带着汤于彗下了山。

汤于彗沉浸在刚刚那种巨大的情绪里缓不过来，他呆呆地道："那个主持仪式的老僧人……"

康赭道："是我爷爷。"

汤于彗转过头来，震惊地看着他。康赭淡淡地道："我爷爷在我奶奶去世以后，就常年住在寺庙里了，我也不太能见得到他。"

"哦……这样啊……"汤于彗慢慢地道。

康赭问："怎么了？"

"没什么，"汤于彗摇摇头，"不知道为什么，我看到他的时候有种很奇怪的悲伤的感觉。"

康赭笑了笑："他很严厉的，不过他可能会很喜欢你这样的小孩。"

他们和太阳一起走下山坡，天色已接近黄昏了。

虽然康赭的情绪表现一向不明显，但是汤于彗感觉他今天心情好像意外的好。

康赭把摩托车停在了祭祀的山下，问汤于彗道："走走吗？"

汤于彗点点头，跟在康赭身后，两人在几乎空无一人的国道上安静地同行。

穿行在草原的道路上，因为风声太大，几乎有种不在同一时空的荒诞感，让人忘记时间流逝。

高原的黄昏依然炙热，阳光把汤于彗的皮肤烤得几乎发痛，他觉得自己的五感正在流失，轻轻地道："我觉得我今天听到了一种呼唤。"

这种奇怪又矫情的说法没有引起康赭的发笑，他走在汤于彗的前面，转过头来看了汤于彗一眼，轻飘飘地道："是吗？呼唤你什么了？"

"不知道，"汤于彗也同样轻轻地答，"但总觉得和你有关。"

他本来想说他从前一直不太相信这些东西，但不小心吐露了实话。

过于形而上的概念在汤于彗看来曾一度荒谬，但是也许真实向来就是荒谬的。

"对了，"接下来的话突然变得顺其自然，汤于彗停下来，注视着康赭的背影道，"我在这边找到了一份支教工作。有一所小学今天回复我了。"

汤于彗确信自己看见康赭周围的光线迅速地暗淡下来，一朵云从山坡的另一头飘过来，把康赭框在了淡漠的阴影里。

阴影里的人神色模糊不清，但是他的声音听起来很平静："为什么？"

"你应该知道我不希望这样。"

汤于彗静悄悄地躲在阳光的囚笼里,离那道阴影远远的:"可是我想这样。"

"不要轻易改变,轻易牺牲。"康赭道。

"我只会待到暑假,夏天结束前我一定会回去。"汤于彗缓缓地道,"我只是想再多待一段时间。"

康赭静静地看着他,很久才笑了:"骗子。"

汤于彗抬起脚,一步跨进了阴影里。真远啊,像阳光再努力也无法弯曲,照射到暗面。

他沉默地看着面前孤独的影子,然后缓缓地道:"是,我是骗人的,我不想离开,可是你要我怎么办呢?"

康赭安静地站了一会儿,汤于彗面前的影子倾斜的角度更大了,然后汤于彗听见他道:"我不知道。"

这一天他们沿着路途走回客栈,直到夜幕低垂,群星寂静。

汤于彗的脸颊一开始被晒得发痛,四周暗下去以后又被风吹得颤抖。

康赭走到他的身边,和他并排,问道:"冷不冷?"

汤于彗不想和他说话,重要的是他不知道说什么,便摇了摇头。

星星繁多而明亮,他们落在宇宙的井里,并不因为任何一颗而欢喜。如黑如蓝的夜色总会被晨光稀释,但星空永远寂静、安宁地注视着他们。

康赭沉默地和汤于彗并肩而行了一小段路,突然停下了脚步。他立在繁星之下,又无言地看了汤于彗一会儿,然后道:"你过来吧。"

汤于彗回过头，略带疑惑地看着他。

康赭从道路边的草丛中找到了一根树枝，一言不发地沿着公路的横截面划了一道长线。他站在线的另一头，看着不远处的汤于彗，希望这颗星不要过于暗淡，以至熄灭。

康赭重复了一遍："你过来吧。"

2

汤于彗支教的小学离镇子有十几千米，那里的人口密度已经不能用"稀少"来形容了，只能算人烟十分罕至的地方。

康父、康母听到小汤居然留在了他们这穷乡僻壤当老师，即使只是暂时的，也一时感动得说不出话来。康父几十年如一日地守着一颗老教师的心，知道后沉默了很久，连拍了好几下汤于彗的肩膀，还差点掉下眼泪。

汤于彗在康家的地位一度升至顶点，康父、康母不仅给他免了未来一个多月的房费，还强行要求康赭每天接送汤于彗上下班。"睡到中午"这种美梦从此就离康赭远去了，而临时决定支教的汤于彗算是破格留了下来。

康赭每天一脸低气压地爬起来，送汤于彗去学校的路上经常一个字都不说，接他的时候心情倒是往往很不错。

康赭曾在送汤于彗去学校的路上嘲讽他是住客栈且有专车接送的贵族体验式支教。汤于彗无法反驳，虽然性质和开跑车送外卖这样的噱头新闻还是有很大区别，但是康赭说的倒也都是事实。

他理亏但又不太甘心——明明自己已经走进了康赭的世界,但康赭好像还是没什么大变化。

可惜汤于彗心壮胆戾,并没有什么威慑力,只能在被内涵的时候自以为很凶地睁大眼睛瞪着康赭。

此事的结果就是,汤于彗进教室的时候,一个坐在前排、脸很黑的小姑娘满脸担忧地看着他,用夹杂着很重口音的汉语问:"老师你怎么脸这么红?是生病了吗?"

汤于彗心虚气短地说"没有",然后立马低着头转过去背对学生,在黑板上板书今天要教的公式和定理。

说是黑板,其实就是一块颜色深一点的石板。而且这里的粉笔都被用得很短,每天学生们都会把它们理得整整齐齐的,然后放在汤于彗面前那张摇摇欲倒的"讲台"上。

汤于彗心地善良,衣着干净、谈吐从容,又来自首都最好的大学,什么都知道,关键还那么好看,简直像另一个世界里的人。

小孩子对好坏、贫富的概念其实没有成年人那么深刻,但这些脸脏脏的、穿着有无数补丁的旧衣服的孩子对汤于彗有种强烈又复杂的憧憬。

现在的条件其实没有以前那么差了,孩子们也见过一些从城里来的老师,但从来没有一个像汤于彗这样,本身就象征着一种很遥远的美好和梦想,像天空一样干净漂亮,只是又高又远。这种过于亮眼的光芒让这种憧憬变得难以启齿,但是这并不影响班上的每一个孩子都悄悄喜欢汤于彗。

这里的小学不分六个年级,只有高年级和低年级。汤于彗本来怕自己教不好,便选择从年纪更小的班级入手。但好几次发现了站在教室外面偷听的高年级学生后,汤于彗教的小学数学课也就合为高低年级一堂了。

本来就不大的教室里面挤满了脏兮兮又黑黢黢的学生,他们抬着头,认真地注视着黑板。汤于彗板书的时候让自己的心安静了下来,他知道自己转身的时候就会看到好几十双亮亮的眼睛,如星星一样注视着他。

他每天还都会在黑板右下角的角落里,看到有人用稚拙的字体写着"老师好"。

每天的笔迹都不一样:有的已经开始模仿大人的字,写得稚嫩又生硬;有的仿佛是费了老大的劲儿,横竖撇捺才聚在一起,一看就知道写汉字并不熟练……

这些都是那群腼腆内向的学生每天向他表达喜欢以及向他问好的方式。

条件艰苦,粉笔是稀缺物,大家使用得很小心翼翼。所以"老师好"三个字常被挤在一个非常小的角落里,很不起眼,汤于彗前几天甚至一直没看到过。直到有一天他刚刚讲到集合的概念,在黑板上画了一群小动物作示意,但他画得太满,黑板不够用,这才一打眼看到右下方的角落里写着什么。

他寂静地看了几秒,直到该开口说话了,他才转过头来,向这群满怀期待的"星星"露出了一个最大的笑容。

汤于彗的眼睛弯成月牙的样子,亮盈盈的,笑起来好像有水色的光,连说"谢谢"仿佛也是夜晚的云销雨霁,银色的淡光照拂温柔的山峰。

当时教室里的人几乎都咧起了嘴角,几个格外害羞的学生还低下了头。

这一幕康赭其实也看见了。送完汤于彗后，他并不急着回客栈，经常躺在学校狭小的操场草坪上，散掉起床气或者干脆睡回笼觉偷懒。

那一天他站在教室唯一的玻璃窗外，那里是个视线死角。他很好奇，打算再观察十分钟，看看汤于彗今天能不能发现这群小孩送的礼物。

汤于彗的反应几乎和他想的一模一样，先是愣住，然后绽放让人感觉幸福的笑容。

只是这一幕的触动比想象中大一些，康赭看了一会儿，没有再去操场睡觉，而是直接骑摩托车走了。

这天康赭例行公事一样，到汤于彗的房门前敲门。但是这次没有传来轻快的脚步声，也没有人做贼心虚地在门口打量一圈。

汤于彗过了很久才过来开门，他低着头，看不清神色，但是头发乱糟糟的，像一只被暴雨淋过的小羊。

康赭看了一会儿。

幸好汤于彗没哭，只是眼角有点红。

他放缓了语气问："怎么了？"

汤于彗摇了摇头："没什么。我们快走吧，上课要迟到了。"

康赭很早以前就能够很自然地分辨汤于彗的各种情绪了，他很意外此时的汤于彗真的不是在害怕示弱，而是不想他安慰。

康赭本来都开始酝酿尽量温柔的措辞了，这时也只好沉默着。

很罕见地，汤于彗坐在摩托车上一句话也没说，整个人像是被霜压垮的草本植物。

康赭在校门口把汤于彗放下来,又把他的头盔轻轻地解了下来。汤于彗的眼角果然还是红红的。

他皱了皱眉:"你今天还是不要去上课了,我去和校长说一声。"

汤于彗还是没有开口,只是摇了摇头。然而看康赭没有放他走的意思,他勉强地笑道:"我不能旷课啊,而且我想去上。没关系的,你下午来接我吧,可以吗?"

这种时候,他还是纯真又善良,康赭也说不出什么,便叮嘱道:"有什么事就给我打电话。"

汤于彗强打精神上了一整天课后,早上那种仿佛被冷水浸透般难过的情绪好像散了不少,他走出校门,看见康赭骑在车上等他。

他走过去的时候目光投在康赭背后湛蓝的天空和飘浮的白云上,心想:幸好你们是晴朗而自由的,能够安慰好多好多微不足道的人。

康赭在汤于彗坐上摩托车之后,几乎是飞一样地开了出去。汤于彗抓着他的腰,吓得差点大叫。然而康赭并没有开回客栈,汤于彗看着眼前并不熟悉的景物发着呆,然后奇怪地看着康赭把摩托车停在了一个小山丘旁边。

他走了几步才像想起一样转过来看还站在摩托车旁边的汤于彗,认真地问道:"忘了,需要拉你上来吗?"

汤于彗连忙迈开脚步:"不用了……我自己走。"

他们没有花费太久就爬到了坡顶,五色的经幡飘扬在青绿的草原上,繁茂的星火条被吹得鼓起"翅膀",像马上要挣脱长绳,飞往雪山。

在下面的时候不会发现，只有爬上山顶后才能看见一条小河环绕在丘陵之间，这时它们全被阳光温和地裹在金色的星芒里，碎光跳成一片钻石的海洋，像黄昏筛下的粉。

康赭选了一块柔软的草地躺了下来，对汤于彗道："坐吧。"

汤于彗眼睛一眨不眨地看着面前的景色，愣愣地道："这是哪里？你带我来这里干什么？"

康赭道："就是没有名字的山而已，你先坐下吧。"

汤于彗坐在了他的旁边，他正对着金光闪闪的河带，经幡在他身边鼓动飞扬着，风声围绕在他们周围。

康赭躺在他的旁边，闭着眼睛，脸侧了一些，没有直面太阳。

"你讲吧。"

汤于彗一顿："什么？"

康赭道："不用讲给我，讲给这座无名的山。它很孤独的，已经很久很久没有听到人类的废话，你可以行行好，做件善事。"

汤于彗像听不懂一样沉默了一会儿，然后笑了："这样啊，那确实是一座很惨很寂寞的山啊，不知道它愿不愿意听一听人类无聊的抱怨呢？"

康赭眼皮都没抬，拿手拍了拍潮湿的土壤，然后道："它说随便你。"

阳光照在康赭半边侧脸上，让他看上去像一座金色的神像。

汤于彗安静了一会儿，然后道："早上，我妈妈给我打了个电话。"

他停顿了一下，然后才很轻地开口道："我没有说过吧，其实我有个姐姐，叫作于彗。"

3

于彗是汤于彗的姐姐,但是汤于彗并没有见过她。

原因很简单,因为她已经过世二十四年了。

于家是个社会地位非常高的家庭。于正则和汤蕤都是著名学者,他们很厉害,在实业上做出了显著成绩。

于家高的不仅是社会地位,经济地位也是一样。

于正则虽然出身贫寒,但是他的个人能力实在太强悍,学工商三栖,游刃有余地在学术与利益间施展才华;汤蕤则是有百年渊源的苏商家族当家唯一的女儿,是大家闺秀中的大家闺秀,如果她不是醉心古生物这门冷门的学问,大概率会继承家业。凭她的聪明才智本来也足够得心应手,但是大小姐志不在此,家业就暂时交给堂哥打理,即便汤蕤有一天厌倦了研究工作,下半辈子也绝对可以锦衣玉食。

两个人在大学相识——在眼高于顶的年纪,他们同样意气风发,同样才华横溢,更加巧合的是,他们同样出名、好看。

于正则在大四的时候就靠一项实验专利还清了所有的助学贷款,本科还没毕业就已经在做博士的课题,为了方便早上少走一小段路,靠着大学期间的积蓄在学校附近买了个小公寓;汤蕤则是学院著名的美人,让人有一种距离感。她是女生公寓到实验室那条长路上的"人文风景",每天穿着昂贵的素色长裙,时常素颜的她偶尔略施粉黛,就会成为校级新闻。

优秀的人相互吸引并不奇怪,奇怪的是他们最后真的相爱,并且结了婚。

即使毕业多年,这件事也能在相当一部分知情人中激起水花——也许在普通人的潜意识里,同样很有性格的两个人最终应该是互斥的。

然而棱角不能互相包容,只会成为日渐扎人的尖刺。也许很多事情之所以有隐忧,是因为它确实存在言之有理的祸端,只是一开始藏而不发。

婚后,于正则和汤蕤的感情日渐冷淡下来,他们之间并不存在多么激烈的矛盾,只是因为两个人都是更重视自己的人——成年人的世界内容庞杂,爱情实在算不上多么重要。

不过离婚倒也毫无必要,因为并没有比眼前的对象更适合组建家庭的人。

于正则和汤蕤像两个生活在同一空间的房客,各自忙自己的事情。

本来这段名存实亡的婚姻应该合理地被时间冲淡,再到人们都遗忘之时和平地结束。然而女儿于彗的意外出生,改变了这个死水一样的局面。

于正则和汤蕤做不好丈夫与妻子,却奇异地都想做一对好父母。

女儿成了凉薄的夫妻关系里效果显著的黏着剂,于正则和汤蕤开始像一对真正的夫妇,为了孩子考虑;而施于家庭的关怀有的时候并不分得那么明确,就有一种大家都是相爱的感觉。

受尽父母万千宠爱的于彗从小就是个小天使。家庭的庇佑只是她的翅膀,却不是她的光环。

智慧而美丽,她像极了汤蕤。同样地,她在读小学的时候就继承了父亲惊人的才智。

于彗的数学能力很强,五年级就已经学习高中的理科内容了,升上初中之前就自信满满地告诉爸爸、妈妈自己以后要做一个伟大的数学家。

然而,她并没有接触到更广阔更美丽的逻辑世界,就被时光永远留在了升入初中前的暑假。

六年级的时候于彗因重病休学一年,但还是未能等到重返校园之时。

女儿住院的那一年,汤蕤的精神几乎是崩溃的,她向研究所请了长假,一直处于半离职的状态;于正则略微好些,但也停了手头上很大一部分项目和工作。

两个人似乎从来没有碰到过什么解决不了的难题,但是人类有的时候能做到的事情真的很有限。这样一对几乎是人生赢家的夫妻,想尽了办法,却无法用金钱和地位换来最爱的女儿的健康。

于彗才刚刚拥抱这个美丽的世界,就要永远地和它告别了。

她很善良,唯一念念不忘的也就是爸爸、妈妈——他们那么爱自己,一定会非常难过。

刚刚失去于彗的那几个月,汤蕤几乎什么也做不了,但她并不歇斯底里——这一生她强大又美丽,并不会这样失态地表达自己的情绪,这对她来说几乎是可耻的。

然而于家还是终日弥漫着一股阴冷腐朽的死气。两个要强的人连痛苦都是冰冷而压抑的。汤蕤思念自己的女儿几乎快要失常,于正则也一样悲伤,但他更痛苦的是家里有一个被打击得快要发疯的女人。于是他和汤蕤商量后,决定再拥有一个孩子试试。

试试，这就是汤于彗一开始拥有的全部含义了。

哭声大概是婴儿用来回应母亲的第一个举措，而哭泣本身就有撒娇的含义。

想必所有的婴儿出生时都是带着对母亲的依恋，沐浴在爱中，怀揣着对世界蓬勃的、生动的渴望。

汤于彗也是一样。在他对世界发出哭声的那一刻，在他睁开眼看到寂静又悲哀的汤蕤的那一刻，他一定从来没有想过，自己是个精神替代品。

汤于彗小的时候总会被说名字像女孩子的，还总是会被同龄的小朋友问："你为什么跟着妈妈姓啊？"

小汤于彗也不知道为什么，于是去问老师。老师有点尴尬地回答："也许是因为爸爸非常爱妈妈，所以才把这么光荣的权利让给了她。"

小小的汤于彗还不知道"爱"这个东西是什么，但莫名感觉老师说得不太对。因为他很少看到爸爸、妈妈待在一起，他们常常不在家，总是保姆在照顾他。

小汤于彗一开始会和照顾自己的阿姨亲密，后来就不会了，因为阿姨很快就会被妈妈换掉。妈妈从来都不愿意多花时间和他待在一起，但是对于和他待在一起的人又总是不满意。

有一次汤于彗白天在院子里吹风吹得狠了，晚上发了一点低烧，他迷迷糊糊中似乎听到，从来都美丽寡言的妈妈语气冰冷地让自己最喜欢的阿姨立即收拾东西离开。

妈妈对他的身体健康似乎关心到了一种神经质的地步，而爸爸只会让他看书做题。

他们都很严格，而严格的方式和重点都不一样，但都被小时候的汤于彗理解为是爱。因为关心健康和严格要求都是亲情的表达方式。但是后来汤于彗才明白，这确实是亲情的表达方式，但不应该是唯一的方式。

汤于彗拥有十分无趣且孤独的童年，这种状态一直持续到他上初中前的那一个暑假。

于正则和汤蕤终于接受了他不是于彗，也代替不了于彗的事实，就把所有的真相都告诉了他。

汤于彗尽管已经凭借早慧明白了爸爸、妈妈并没有那么喜欢他，但事实实在是太残忍。

汤于彗也曾在青春期怀着怨愤的心情和从来没见过的姐姐进行比较，进而得出了自己也许确实不如于彗那么有才华的结论。但是汤于彗转念又想，就算自己比姐姐聪明很多，于正则和汤蕤也不会爱他。

尽管痛苦又寂寞，汤于彗还是成了一个寡言但并不偏激的少年。

于正则和汤蕤在他的年纪超过于彗的年纪之后，对他的人生就不再关心了。汤于彗的物质需求从来没有短缺过，但是也没有人关心他在想什么。

尽管如此，于家仍有两条隐形的规则施加于他，汤于彗对此心知肚明。这是于正则和汤蕤从他出生的那一刻就用锥刀刻进他灵魂的不动条款。简而言之，也就是对汤于彗的两点要求：第一，他不可以不优秀；第二，他不可以不健康。

"他们已经很久很久没有给我打过电话了，从我离开家以后。"

汤于彗安静地躺在草坪上。他头顶那一团空气夹杂着沉重而宁静的悲哀。

他的语速变慢了，似乎随着康赭平静的呼吸一起一伏："我上次见到我妈妈是在医院，去年的时候。她确诊了乳腺癌，已经好几个月了，但是没有任何人告诉我。

"我读本科时的一个师兄，后来去读了我妈妈所里的博士，是他回学校参加会议的时候告诉我的。"

即使已经隔了一年多，汤于彗还能清晰地记得那个下午天气不太好。会议涉及的内容不是他的领域，他是被其他师兄叫过来的，一直听得迷迷糊糊。茶歇的时候，好久不见的师兄神色匆匆地找过来，脸上带着于心不忍的痛苦，看了汤于彗一会儿，仿佛很难开口一样："小汤，汤老师的病还好吗？"

汤于彗那天晚上到达医院的时候，费了一番工夫才进入病房。因为他并不在可以探视的"家人"之列。而当他推开病房的门，看见汤蕤半躺在床上，脸色苍白，眼眶刹那间灼烫起来。

曾经被上天眷顾的美人竟然有一天也流露出这样的枯萎朽木之感……

他曾经以为汤蕤永远也不会老。

于正则不在，只有汤蕤的助理研究员在旁边一言不发地听她安排工作。

汤蕤看到汤于彗的时候，脸色几乎迅速一沉，带着一种仿佛被冒犯到的愤怒和冷漠。

也许是关心则乱，汤于彗在仓促之间，竟然好像在她脸上看到了一丝痛苦。

汤蕤冷冷地问:"你来干什么?这里还用不着你,回去做你自己的事去。"

汤于彗有点难过地道:"妈……你为什么不告诉我呢?"

"告诉你有什么用?"汤蕤不耐烦地道,"你是医生吗?管好你自己就行了。"

那天汤于彗即使拿出了十万分的耐心,也并没有和汤蕤和平地达成协议。汤蕤的病并没有严重到无法救治的地步,可是她自己并不配合。

在被汤于彗找到病房以后,她很快就换了医院,而且主动断了与汤于彗原来就极为稀少的联系。于正则的话也模棱两可,但两个人的意思都很明确,让汤于彗少管这件事。

高原日暮将山色染红了,天边渐渐地镀上一层金边,在旁边躺着的康赫从汤于彗开口伊始,就一个字都没有说过。他安安静静的,很久才缓缓道:"那阿姨现在还好吗?"

汤于彗沉默了很久,才轻轻地道:"我不知道。"

"去年那段时间我的心情很乱,我一直很担心,缺乏睡眠,神经有点衰弱,可能也有点厌食,我想了所有的办法让她好好治疗,但是并没有人理会我。"汤于彗道,"我承担的课题在那时刚好进入了收尾阶段,压力很大,每天都过得混乱又茫然。那时有一个同学……是我本科的室友,我们的关系一直还不错,他也加入了我负责的小组,但我没想到他原来这么讨厌我……甚至这么……恨我……

"他动了一些小手脚,并没有在他负责的部分项目中进行实验,而是照搬了国外一个现行研究的结论,那个研究成果并没有发表，我也不知道他是从哪儿来的数据。这件事我也有错，当时我的生活几乎一团乱麻，根本注意不到这些细节。他的专业素质过硬，给的数据偏差并不大，我从来没有想过要核实数据的来源，就这样整理好了去答辩。

"就在答辩的那几天，那个研究成果突然发表了，答辩的时候被问起，我的脑子里一片空白，心里一直在想到底为什么。"

康赭的手顿了顿，继而仿佛安慰似的从汤于彗的头发尾梢轻轻地往上轻抚。汤于彗眨了眨眼，慢慢地道："我和那个男生同时被学校处罚。我是组长，即使不是我负责的部分，我也应该负全责。学校以学术不端的名义要求我退学，那个男生也没有拿到研究生学位。"

汤于彗停顿了一会儿，把康赭的手拉了下来："这种丑事虽然是低调处理，但也瞒不过我爸爸。他很生气，把我赶出了家门。后来应该是他和我们院长沟通过了，我的处分被换成了'选题价值存疑，延期一年毕业'这种不痛不痒的处理方式。"

汤于彗沉默了一会儿，笑了笑道："那个故意陷害我的同学没有多么意外，他被迫退学，但是好像并不是很在乎。他告诉我，他早就不想继续在这一行待下去了，只是想在走的时候看看能不能把我拉到泥潭里。

"我还记得他真的很高兴的样子，像是解脱了一样，临走的时候对我说'果然，你不会啊'。"汤于彗说到这儿，静了一会儿，然后笑了笑，"我当然不会，即使被退了学，我也不会因为这种事就怎么样。我逃避的只是被家里赶出来，而我的父母并不爱我这个我早就明白的事实。

"那天我离开家的时候竟然正好碰见我妈妈回来。我已经半年没有见过她了,她很瘦,一脸病容,但还是在看着我的时候就瞬间严厉起来。她当然知道前因后果,但只对我说了一句话——

"要是你姐姐……"

汤于彗静静地看着康赭。

"阿赭,你知道吗?小时候的那个问题我长大以后就明白了。我姓汤,并不是因为我的爸爸格外爱我妈妈,而是因为要保留于彗这个姓名。我的名字很好听吧?里面有爸爸,有妈妈,有姐姐,有幸福的一家人,就是没有我啊。"

4

康赭什么也没说,他的手掌覆在汤于彗的眼睛上面,阻挡了他的视线。

康赭把汤于彗的名字在心里过了一遍,脸上渐渐地有了笑容,然后他又开口叫了一遍——

"汤于彗。"

温热的液体流经康赭的指缝,汤于彗如瓷一样的皮肤上淌下一条晶莹的河。

如同那个在幼稚园里回答不出同学的问题的男孩,汤于彗的声音沙哑又纤弱:"阿赭……"

康赭顿了顿,那一滴眼泪意外地打动了他。他移开了手掌,用很少见的语气缓缓地道:"你不喜欢,那今天就把名字改了吧。怎么样?"

汤于彗愣愣地看着他："你不是有信仰的人吗？这种话可以随便说吗？"

康赭半撑起来，漫不经心地看着他笑："说说而已。怎么，不可以吗？"

汤于彗一句话也说不出来，怔怔地看着他。

康赭身后的夕阳是一片如晕一样的红，但眼前人显然拥有比感官更加浓重的特质，以至于让人光是长久地注视他，就产生一种浓烈的迟暮之感。

汤于彗轻轻地道："可以。"

草原的风十分温柔地从他们中间穿过。

太阳将落未落，世界带着怜悯的金色，好似佛光。时间慢得离奇，催不动一场盛大的离别。

春日芬芳，汤于彗却分明感觉到了秋意，萧萧瑟瑟地往心上吹。他想起晚秋时，他惯常走在去往实验室的路上，他停住看了一会儿天边如火烧一样的云，银杏就簌簌地落了满身。

这一阵风很长，他从那一滴泪水的汹涌里尝到了和冰川同质的咸，于是一些陌生又充满归属感的东西渐渐地在他身上醒来。

夕阳开始燃烧，橘光变成赭色的赤红，康赭像换了个人，如同汤于彗初见他时，脸上带着傲气和邪性的笑容，一股漫不经心的野性萦绕在他周围。康赭翘起一边嘴角，略带懒倦地道："怎么办？想行使一下改名权。"

康赭把汤于彗拉了起来，汤于彗的头不慎撞在了他的肩膀上。

磕到一块坚硬的骨头，他晕头转向，差点眼前一黑。

刚刚才哭了一场的人此时充满了迷茫："阿赭……你干什么？"

"花了这么长时间，"康赫懒懒地道，"现在终于叫顺了？"

汤于彗一愣，立马闭嘴了。

他挣扎着要抬起头，康赫却轻轻地拍了拍他，略带警告地道："别乱动。"

汤于彗瞬间不再动作，他一言不发地被康赫带到山下。跨上摩托车后，康赫给他戴好头盔，正要扣上带子，他这时候才如梦初醒，一把抓住了康赫的手腕："啊！"

康赫不轻不重地拍了拍汤于彗的手："'啊'什么？"

汤于彗的脸又开始红了，白瓷一样的脸上除了那漆黑又潮湿的眼珠，就是如夕阳一样薄薄的绯色："我们去哪儿？"

"不是说了要行使改名权吗？"康赫挑眉道，"接下来就听我的吧。"

汤于彗听到他一直说"改名权"，声音低得比风声大不了多少："那走吧……"

康赫一言不发地看了他一会儿。汤于彗感觉他的目光如有实质，恢复小羊一样的目光，只觉得周围都是康赫身上淡如草木的烟味。

他紧张地抠着掌心，愧于仰头看注视着自己的星星。

他们回了家，客栈的点点灯火在黑夜中亮起，明艳如烛。繁星像洒在可乐中的盐块，仿佛在心中突突地冒着气泡，还闪动着如钻石一样炫人眼目的光。

汤于彗跳下摩托车，快走几步，伸手抓住康赫的衣角。康赫的脚步一顿，转过身来，安静地看着他。

汤于彗一时闪过了许多念头。他想，比起其他藏族男人，康赫说得上是有些单薄了。

康赫虽然很高，但偏瘦，并不壮硕，而且总是挂着似有若无的笑容，看上去并不具有很大的攻击性。甚至不认识他的人，初见时还会觉得他是个干干净净的大男孩。但是汤于彗知道，康赫的力气非常大，而且能动手时他绝不动嘴。

当他沉默的时候，当他眯起眼睛的时候，当他漫不经心地露出笑容的时候，时间似乎会慢下来，周围的光线会瞬间暗下来，只有他是空间里安静的可视物。

现在也是这样，这是康赫最让人没有办法移开视线的时候。

而后康赫走出客栈的大门，重新发动刚熄火没多久的摩托车，像想起什么般顿了顿，沉下声道："在这儿等我一下。"

汤于彗在满天的星光下坐了一会儿，觉得心里十分平静。

他抬头看向天空，遗憾而充满眷恋地想：这世上只有极少数人见过这样的银河。

康赫回来得很快，他拿了那条巨大的红色毯子。那抹红色在昏暗的夜中依旧显眼，汤于彗一瞬间被深深地触动了。

他想起这条毯子曾经在他第一次下楼和康赫打招呼时被夜晚寂静的篝火裹挟，又陪他在楼顶度过了好多个安然的黄昏。现在它泛着一股干净的皂香味，被康赫展开，披在了他的身上。

康赫低声道："晚上冷。"

汤于彗"嗯"了一声，很轻地道："我们要去哪里？"

康赫沉默了一会儿，翘起一边嘴角，那颗虎牙正好露出迷人的尖角："不知道，你决定吧。"

147

他给汤于彗戴好头盔，发动摩托车，伴随着轰隆的引擎声和狂乱的风，奔逐在更加广阔的黑夜中。

晚上真的很冷，明明再过一小段时间就要初夏了，但是汤于彗还是感觉到了山风毫不留情的寒意——它们把云吹散了，把星星吹得更亮，把康赭的衣角吹得像走马灯一样的剪影。

汤于彗想为康赭传递温热，却发现康赭并不冷，或许是他的手被风冻得没有了知觉。汤于彗的感官变得迟钝，隔着一层衣料，竟然觉得康赭是暖的。

"阿赭，"汤于彗轻轻地道，"你会唱《康定情歌》吗？"

"嗯？"康赭一愣，毫不留情地嘲笑道，"我最讨厌这首了。"

汤于彗本来以为风太大，康赭应该听不到才对，一时间气势更弱了："为什么，我觉得很好听啊……"

康赭没有回答，汤于彗惯常被他嘲笑，已经练就了不动如山的心态，正想再问一遍的时候，一阵低沉的吟唱裹挟着旷野的风鸣，清晰地传到了他的耳边。

是一首藏语民谣。

老实说，汤于彗曾经和大多数人一样，觉得少数民族的语言虽然自有价值，但常常显得不那么合乎时宜。字正腔圆的普通话往往代表了官方的文化符号，因此其他的形式难免显得带上了本土的泥味——虽然厚重，但是听上去总是拙朴的。

比如他一直觉得"扎西"这个词的发音很奇怪，带着一种迟钝的感觉，但是被康赭一唱，这些词语真的就像荒原的风一样空阔，那么长久，那么剔透。

在这阵低沉辽远的吟唱中，汤于彗感受到宛如旷野长风一样的呼唤。

汤于彗觉得自己像要被夜晚的凉风吹透了,他的灵魂与身体一分为二,远离了行驶的摩托车,远离了黑暗的公路,甚至远离了康赭,变成了一只马上就要飞往雪山的风筝——他也许一生都到不了,但是很想追上那一团聚散无常的云。

康赭说让他决定,就真的只顾往前奔驰。

汤于彗看见皎皎的月挂在远方,静静地看他们疾驰在寂静之中。

就在看得见贡嘎山时,汤于彗让康赭停了下来。

康赭的衣领被风吹乱了。茫茫夜色中,他的目光简直要与月色争辉,一片茫茫,那么遥远又沉静。

汤于彗要自己下来,康赭怕他摔着让他先不要动。

原来不是汤于彗的错觉,"冰山"真的是温热的。

康赭带着汤于彗来到山坡上看星星。银河倾倒的夜空,康赭和汤于彗静静地凝视着它们。

5

川西最佳的旅游季节是夏秋季,如果你打开所有的旅游软件,几乎都会这样标识。

高原的春光实在是太短暂,转眼间那股曛暖的气息就会被不成熟的夏风吹散。不过即使到了七八月,康定的早晚依旧很冷,更遑论刚入夏。

汤于彗每天从学校回来,吃完饭还要去楼顶看一会儿星星。康赫怕他感冒，虽然不太赞同，但也没太拦着他。

那条红色的毯子不知道被康赫收到哪儿去了，康赫重新去家里拿了一条藏蓝色的小毯子。但可能是心理作用，汤于彗总觉得这条没有之前的那条暖和。

寒冷的季节一过，来川西旅游的人就越来越多，客房几乎没有空的。康父康母也很少回家，直接在客栈里住了下来，方便打理店里的事务。

白天康赫送完汤于彗去学校上课后，就回来帮康父、康母照顾店里的事。不过根据康父三天两头在晚饭时的控诉，汤于彗推断康赫多半常常偷懒，又去看心心念念的羊或者去骑马，然后在山坡上一躺就是一个下午，再去学校接他放学回来。

汤于彗明白夏天很短，很快就会过完。

正因为这样，他格外珍惜每天晚上和康赫并肩躺在楼顶的时光。

经过好几天的观察，汤于彗发现康父、康母很少管康赫在做什么，甚至很少过问康赫的事，但感觉又不是不关心，而是给予了康赫充分的、最大限度的自由。

就说偷懒这件事，抱怨归抱怨，但如果不是康父默许且无所谓，汤于彗觉得康赫也不会常常这样做。

而康赫最近对待汤于彗可以称得上是耐心了。虽然康赫并没有说什么，但汤于彗总觉得，自从那个夜晚以后，康赫就好像把他当成好友了。

很多时候汤于彗觉得康赫可能在心里骂人，但还是什么也没说，尽量抽出时间陪着他做一些没什么意义的事。

比起从前那个满脸都是"离我远点"的康赫，他有了很大改变。

几乎每个夜晚，两人都会并肩躺在楼顶，专注地注视着头顶的天空。

看月亮的时候，康赫沉默而晦暗；看星星的时候，康赫耀眼又鲜明。但无一例外，他始终都是默然而宁静的。

他们并非不言语或者毫无交流，相反，康赫说话一直很有趣。只是汤于彗觉得，当康赫一直被笼罩在辽远的夜空下时，在他身边的一切事物，意义都会变得很小。

人们常说当一个人看着远方的时候离你最远，汤于彗反而觉得，康赫的眼睛里没有任何人的时候，反而离他更近了。

因为这像是康赫放下一切的漠然。他终于在汤于彗面前坦坦荡荡地承认了，他的眼里的确什么都没有。

连他自己都没有。

说不清为什么，汤于彗觉得康赫应该是孤独的。

康赫并不因为他的孤独而自得，当然更不会因为他的孤独而羞愧。他从始至终，一直是骄傲的——并不是那种昂首挺胸、撑着一把脊骨、风风光光的骄傲，而是那种平静的、甘于独醒的、冷淡而缄默的骄傲。

汤于彗当然不算笨人，而且成长经历让他很早就建立了一种自我保护机制——察觉危险的嗅觉、避免伤心的能力，甚至到现在，汤于彗每天早上起来在心里默念的第一个念头都是我始终是要走的。

你可以看一朵云，看一轮月亮，但你追不上，也带不走它。

这个道理汤于彗当然明白。他能模糊地察觉出康赭应该是真的将他当成朋友了，或许对他的印象也和初见时完全不一样了。但是康赭是个连自己都可以不在乎的人，这注定了他们从一开始就走在不同的两条路上，并不交会，而且似乎彼此也没有必要停下来。

而在短暂的路途中，汤于彗正在日复一日地把康赭这个人描摹得更加深刻，然后在无数个可能的往后中寻找类似于此的时光。

唉，汤于彗对着夜空无奈地叹了口气。

"怎么了？"躺在旁边的康赭听见他叹气，于是侧过头来。

"没什么，"汤于彗颇为神伤地道，"我还是离你远一点吧。"

"嗯？"康赭一脸莫名其妙。他平躺回去，好像在认真思考一样，"我最近是不是太惯着你了？"

汤于彗早就看出他根本没在意，因为康赭并不会因为这种小事就牵动情绪，他颇为心累地道："阿赭，你要是真的惯惯我就好了。"

康赭闻言，收了一点笑容，正色道："哪方面的'惯'？"

但凡借汤于彗一点胆子，他一定对着夜空咆哮"康赭你真是够了啊"，但尽管知道康赭可能连反应都欠奉，汤于彗还是没舍得真的说出来。

汤于彗矜持地道："唉，你别管我了，我觉得我可能就是太孤独了。"

康赭没再说话，等到汤于彗又开始发呆，两人陷入沉默之际，他却突然转过身来，认真地看着汤于彗。

康赭眼睛轻眯："你的朋友还不够多吗？"

汤于彗眨了眨眼道："不是那种泛泛之交。"

能和信赖之人共赏星空是很幸福的，汤于彗却有点怅然地看着那一片浩瀚。

康赭的笑容不变。他像隔着一层始终无法廓清的雾，永远站在一个距离望向汤于彗："那很难啊。"

"大概吧，"汤于彗静了一会儿，也笑了，"但一天有一天快乐的方式，你说呢，阿赭？"

康赭看了他一眼，似乎有点意外，点了点头："嗯，算是吧。"

这番话云里雾里，但是汤于彗知道，康赭什么都明白。

汤于彗已经能够理解了，从自己坦陈心事的那一天起，或者更早的时候，在高原的机场，康赭疾驰到他身边之时——汤于彗就已经感受到了，那种模糊的隐痛，从初见那一天起，就从未消失。

汤于彗适时地转换了话题："阿赭，你明天带我去县城里吧。"

康赭意外地道："我以为你不会去了。"

汤于彗没有看他，对着满天的星星弯眼笑了笑："总该去一次吧。"

康赭一顿："你去干什么？"

"不知道，随便转转。"汤于彗道，"镇子上什么也没有，想去给班上的孩子买几本书，还想买两件这两天穿的衣服。"

他静了一会儿，然后才很慢很慢地道："还想买些东西带给朋友。"

两个人此时都抬头看着夜空，并没有对视。康赭的目光似乎在汤于彗的身上停了一会儿，但是汤于彗并不确定。

康赭的声音听上去一点迟疑都没有，汤于彗心中那种模糊的隐痛更加巨大了。

他得到了一个肯定的答复，这理所当然。

康赭的语气与平时并无不同，和初见时一样，听上去遥远而带着笑意："好啊，明天带你去吧。"

6

汤于彗原以为甘孜藏族自治州这么大面积，康定又是首府县城，按理说应该会比较繁华才对。但是康父告诉他，其实康定的人口总计只有十几万，而且才退出贫困县的行列没多久。

汤于彗在只有草原和牛羊的镇子上住了两个多月，去过人口最密集的地方也就是镇子上的集市。而集市上卖的都是牲畜和农作物，他好奇地跟着康赭逛了一圈，再怎么磨蹭，花了十几分钟也就逛完了。

还有几次汤于彗让康赭载他去镇子口的小卖部，给孩子们买一点糖果和文具，也就算是难得的"逛街"了。

尽管康赭早就告诉他县城没什么可逛的，但汤于彗远离城市文明太久，连带着人味的空气都觉得新鲜，所以出门前还是像要去郊游一样兴奋。

他们一大早就出发了，康赭怕长时间在摩托车上吹风，汤于彗会感冒，又把那件羽绒服拿了出来，一把披在了汤于彗身上。

汤于彗坐在后座，趴在康赭的背上，摩托车开出去一小段路，那件羽绒服就自然而然地裹住了他们两个人。

因为康赭开得一向很快，汤于彗也就不便搭话，免得灌一嘴风，于是在这阵轰隆隆的声音中开始发呆。

汤于彗放空地看着这辽阔又空空荡荡的国道上的风景。白云如雪，群山高峻，沉默地凝聚着清晨与黄昏。

汤于彗知道它们不仅美丽，更是一种永恒不变的意义与追求。

那一片一片草原从枯萎到郁郁葱葱，那些山谷从静静伫立到依循风声重逢，成千上万的牛羊栖息在广阔的牧场上，阳光下青稞田摇曳如穗海，河水奔流不息，日月醒来又安睡，群星古老如寂静的伤疤，从晓事起就永生善良的人们跋山涉水，朝着神山一步一跪，直到走到布达拉宫的广场……

生命在荒野中不过悲过喜地前进，快乐的日子像风一样轻薄，好像随时可以被带往任何地方。

汤于彗想：为什么天地那么大，处处风霜凄厉，却总有一些这样的地方让我们自由。

刚刚看到县城的影子，汤于彗就在摩托车上兴奋地大喊："阿赭，到了到了！"

康赭到现在也无法理解汤于彗说蔫就蔫、说疯就疯的这股劲儿，好笑地道："你这么兴奋干什么？"

汤于彗连声叫道："进城了，进城了，进城了——"

"……"

"我跟你说过了县里什么也没有，"康赭一脸平静地道，"要不然你从这里打个不正规的出租车去成都，还可以赶上去春熙路喝下午茶。"

汤于彗听出了康赭又在内涵他，瞬间就乖了："不了……你就随便带我逛逛……"

康赭道："吹了一个多小时的风你不冷吗？先去吃点东西暖和一下。"

汤于彗被康赭带去了县城里一家装修很简陋的餐厅，和镇子上的那些小饭店很像。这家店不在商业街的干道上，所以鲜有游客光顾，生意十分冷淡。

康赭刚一踏进店门，汤于彗就听见一阵动静，像是有人猛地站起，紧接着是一阵急促的脚步声。

汤于彗好奇地探出头来，正好跟一双极漂亮的眼睛对上。

朝他们迎过来的是一个十分清秀好看的藏族少年，看起来和汤于彗差不多大。他几乎是小跑着过来的，很快就在康赭面前停下，然后侧过头看了汤于彗一眼。

汤于彗刚刚酝酿出一个笑容，就看见这个少年转过了头，笑着用藏语冲康赭说话。

康赭回了几句，两个人像是很熟的样子，在康赭说了一句什么之后，少年突然又笑了起来，伸手想来拉康赭的袖口。康赭却突然换回了汉语："丹珠，说汉语，我们要点菜了。"

叫丹珠的藏族少年一愣，继而才点了点头。他转过来，对着汤于彗打了个招呼："你好，我叫丹珠，是阿赭的朋友。"

他的汉语说得十分流利，但是语气却并不怎么热络，显然一开始只是不想和汤于彗说话。

汤于彗对他笑了笑，没说什么。

康赭把菜单递给了汤于彗："想吃什么？"

汤于彗看了一眼，都是牛羊肉，他不太懂，就道："你点吧，我不挑食。"

被推回来的菜单康赭也没拿起来再看，而是直接对丹珠道："那就还是和平时一样，你看着做吧。"

丹珠看了康赭一眼，好像还想要说什么，康赭却对他笑了笑："快点做，饿了。"

丹珠走了以后，过了一会儿汤于彗才慢慢地道："你朋友吗？"

康赭替他把一次性筷子掰开，刮了刮上面的刺："嗯，高中时候的学弟，小我两岁。"

汤于彗轻轻地道："他曾经很崇拜你吧。你是不是对他很好？"

康赭拿筷子的手一顿，继而平静地道："嗯，是啊。"

他给汤于彗倒了一杯酥油茶："但是他们家的饭很好吃。这两件事没什么关系吧？"

汤于彗静静地看了他一会儿，然后笑了："阿赭，你真的好残忍啊。"

康赭放下茶壶，看着他的眼睛，淡淡地道："世上很多事，有的时候需要的就是这样一份残忍，不是吗？"

汤于彗没有说话，过了一会儿才端起面前的酥油茶喝了："嗯，是啊。"

两个人沉默了一会儿，康赭敲了敲茶杯的边沿："你不想吃的话，要不换一家？"

汤于彗笑了笑："没有，我想吃。"

饭菜确实很好吃，藏族人的餐桌上肉食居多，吃多了总会觉得腻。而这家店不知道用了什么方法，牛羊肉在汤里都没有原来的腥膻味了，反而清香又细腻。

然而即使这样，汤于彗吃完饭后也不记得康赭到底点了哪几道菜。康赭要结账，丹珠坚持不要，并把他们送到了门口。

他最后还是没有和汤于彗打招呼，只是拉着康赭，好像很想和他再多说两句话。

康赭却没有再闲聊的意思,只是看着他淡淡地笑。

过了一会儿,丹珠松了手。康赭神色十分平静,最后很轻地对丹珠摇了摇头。

两个人离开餐馆,康赭问汤于彗:"你要买什么?"

汤于彗想了想道:"先去买衣服吧。"

康赭却突然道:"别买了,你就借我的穿吧,反正也没几天了。"

汤于彗一怔,像是突然被钝器划开了伤口,不算太痛,但有什么鲜活的东西正一滴滴地从那个小口中流出。他愣了一会儿,才看着康赭点了点头:"那好吧。"

康赭不怎么温柔地问:"那你还要买什么?"

汤于彗好像想了很久才想起来一样:"给班里的孩子买一点零食和文具。"

康赭道:"这个在街上不太好找,直接去超市吧。那里应该还有一些特产,卖得比外面的便宜。"

汤于彗点点头:"嗯,走吧。"

和康赭一起逛超市,按理说应该是非常美好的场景,但汤于彗总觉得有些心不在焉。

汤于彗一直不愿意承认,但康赭仿佛已经明晃晃地把事实推到了他面前。

他所强撑的乐观与豁达不过是一层薄薄的借口,这张色厉内荏的皮并不比一张纸厚到哪儿去。而他一直所盼望的,不过也就是自欺欺人地积攒回忆。

离别有期,并不因为任何主观的修饰而改变。这一点,康赭比他更加心知肚明。

只是那种伴随着快乐的模糊隐痛猝不及防地给人一击,让汤于彗很难不在这快乐中看清自己。

康赫帮汤于彗挑好了文具和纪念品——在他看来实在没什么可买的,汤于彗要带回去送的人也不多,所以两个人不到一个小时就逛完了。

让汤于彗茫然的是,康赫不知道从超市哪个角落里找到了一顶棕色的帽子,还买了下来。

这顶帽子明显是卖给游客的,上面绣着藏族的纹饰,但绣得有点粗糙,帽檐上还有参差不齐的流苏。然而康赫试着往头上戴了一下,汤于彗就看得一愣,心想这么普通的帽子怎么康赫戴出来就这么好看。

尽管只是很局部的打扮,但这顶帽子让康赫身上那种常常让人注意不到的民族气质粗暴地展露了出来,刀刻斧凿的深邃五官更加突出,他显得十分英俊,有一种别样的神采出落出来。

两个人走出超市,时间还很早,汤于彗发现该做的事都做完了,但又不太想回去,于是期待又忐忑地看向康赫,不知道康赫会不会陪他。

他正在考虑怎么诓康赫带他去玩,头上猛然被扣上了什么东西——

康赫把那顶帽子压在了他的头上,漫不经心地道:"还想去哪儿?"

汤于彗被帽子压得一蒙,茫然地看着康赫:"你干什么?"

帽子的两侧有细绳,康赫没说话,帮他系好了才缓缓道:"送你了。"

汤于彗满脸茫然，康赭拉住系口两端的绳子一扯："快点，去哪儿，不说就回去了。"

汤于彗立马道："那我们去跑马山吧！我想坐缆车！"

康赭翘起了嘴角："我就知道。"

汤于彗的心情顿时又好了起来，他的眼睛弯成月牙的形状，自以为很有气势地大声唱起来："跑马溜溜的山上，一朵溜溜的云哟！"

康赭把手指按在他的额头上："带你去可以，但我不想爬跑马山，你自己进去玩吧，我一会儿来接你。"

汤于彗睁大眼睛道："为什么啊……"

康赭道："不为什么。去不去？不去的话我们现在就回去了。"

汤于彗还是很想看看的，只好妥协道："那好吧……"

不像其他景点，大名鼎鼎的跑马山就在康定的县城里，离得并不远。

在山脚售票处值班的是一个阿姨，难得康赭不能靠"刷脸"进去了。

康巴小王子也有买门票的一天。汤于彗被康赭拦住不准掏钱，只能看他一脸漠然地拿出手机扫码。

汤于彗和康赭约好了一个小时内一定下来。康赭把汤于彗送上了缆车，站在原地对他挥了挥手。

缆车已经很老旧了，爬行得很缓慢。好几分钟了，汤于彗还一直看着康赭离开的背影。

他们来的时间晚，景区已经快到停止入场的时间了。买票的时候就已经看不到别的游客，此时缆车上的人更是稀稀落落。

直到看不见康赫的身影了，汤于彗才转过头来盯着面前的景色。

晴空仿佛对他向来十分眷顾，天空干净得像一盘初挤的颜料，而这中间，正在被云气逐层地点染出一层明亮的白。

康定的云向来飘忽不定，聚散往往都是零零散散的片状，而这时云层却团成了一簇巨大的絮，像一座白色的孤岛。

那首歌写得真的很好，汤于彗想，跑马溜溜的山上，一朵溜溜的云哟。

然而云层尽管庞大厚重，阳光还是从中穿了过来，投射在缆车的玻璃窗户上，把汤于彗的头发一点一点照成红色。

汤于彗的身子一半沐浴在夕照下，另一半被山的层层绿意包围，在一缕温和慈悲的光线笼罩之中缓缓上升。

在汤于彗面前的，是一条通往云上的人工天梯。而他背后，则是在上升的过程中逐渐显山露水的一座巨大佛寺。

康定城渐渐地留在人间了，暮光投射在佛寺的金顶上，碎金一样的光随着缆车的上升在视线里细细地淌成带状，泛着和落日下河水一样破碎的金色的涟漪。

汤于彗怔怔地看着，感觉周围好似猛然喧哗起来，一时间胸膛里仿佛鼓满了高原的风——它们没有形状，却把人的心脏撑得很满。

汤于彗的心剧烈地跳动起来，他不知道是不是所有的人都是这样。

汤于彗没有再往山上走，他下了上山的缆车后，把回程票递给工作人员，直接坐上了下山的缆车。

佛寺的金光在渐近的俯视下显得更加真切了，它不再那么耀眼和辉煌，而是静静地笼罩着整个寺顶，继而笼罩住整个县城。

工作人员诧异地过来把缆车的门打开，汤于彗很慢地走下来，对满脸疑惑的工作人员笑了笑，打算去找个地方坐着等康赭。

说来奇怪，康赭本人明明是极暗的，但是在他周围，光线的吸收好像变得更加强烈，其他事物从来都不比他更明亮。

汤于彗抬头一望，一眼就看见康赭坐在操作室后面的座椅上，低着头玩手机。

康赭还拿着两袋栗子，一袋正在被他往嘴里送，另一袋则被塑料袋包好了，挂在他的手肘处。

察觉到动静，康赭抬起头一愣："怎么这么早就下来了？"

汤于彗一言不发，很慢地走到康赭的面前蹲下来，轻轻地抬起头，然后说道——

"我想留下来。"

第六章 不须长此留

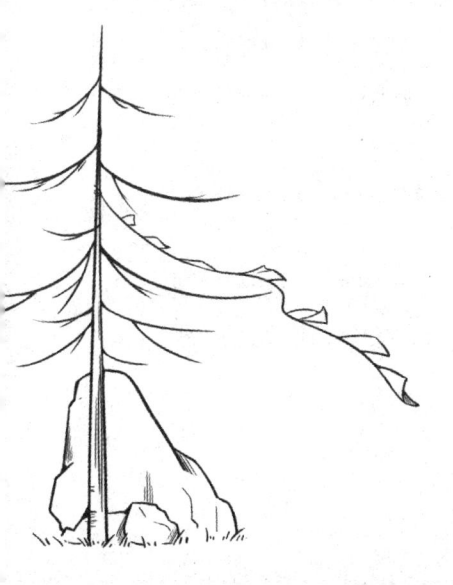

1

当汤于彗说出这句话的时候，康赭的内心其实是很平静的。

他很难得地没有迅速而准确地理解别人的意思，而是隔了好几秒才明白汤于彗在说什么。

然而让人庆幸的是，康赭早已有一张刀枪和蜜糖都无法侵入的冷漠面孔，不用确认，他就知道自己一定面无波澜，神色平静。

所以他想，这样不会伤害到汤于彗。

当然也不会不伤害他。

在那几乎可称"愣怔"的几秒之后，康赭看着汤于彗的脸，缓慢而平静地想：为什么还是说出来了呢？

汤于彗无疑有一双很漂亮的眼睛。他其实并没有拥有一个多么幸福的童年，却奇怪地拥有了属于被充分地爱着的小孩一样的眼睛。

康赭有的时候会在汤于彗的眼神中看到自己，想到这未尝不是那面镜子的另外一种样子。

这种想法让康赭觉得厌倦，仿佛被时刻注视着，甚至让他不想再被看见。

在几秒内，康赭先感觉到了茫然、震动，然后是一点疲倦，最后这些都渐渐褪去了，只剩下他熟悉的、仿佛和他共生一样的冷静。

这冷静中掺了旁观似的诧异，因为康赭了解汤于彗的外表多么具有欺骗性——他看起来纯真稚气，什么都不懂，有一身又笨又吓人的勇气。但是康赭知道他其实非常聪明，未尝看不到故事的结局。

如果可以重新选，康赭一定去坐缆车，和汤于彗一起被关在他抗拒给汤于彗留下回忆的密闭空间里，看美得让汤于彗睁大眼睛的白云和金光。

尽管他对这样的景色已经熟悉到厌倦了，但无意义的事情再做几次也未尝不可。

毕竟这样，都会比听到后面的话好太多。

所以汤于彗也并不比他父母好到哪里去，康赭冷淡而旁观地想，容易陷入情绪，不够聪明。

康赭认为，在刚刚很短的时间里，汤于彗好像回到了并没有人爱他的童年，拥有了一次重新选择的机会。而不够聪明的汤于彗选错了，他拿着新鲜的、产于此地的玩具，离开也许大而空荡、康赭其实并没有见过的房子，好像除此以外可以什么都不要，也什么都不在乎了一样。

过了一会儿，康赭走近了一些，汤于彗听到了规律而并不快速的心跳，听到了平缓而并不规律的话语。

康赭叫他："汤汤。"

他听到康赭仿佛很慢地说："我只能陪你走很短的一段路。"

"剩下的你要自己走，我陪不了你。"

汤于彗抬起头看向康赭，他好像不再那么冷漠了，但一样很骄傲，像一个哥哥一样，带着深沉而并不亲密的温柔问他："你明白吗？"

汤于彗觉得自己产生了想哭的念头，但不知道为什么，并没有产生这样的行为。

他一言不发地站了一会儿，最终点了点头。

离开跑马山之后，汤于彗和康赫沉默地走在街道上，汤于彗觉得自己每一秒都在丧失前一秒的记忆，好像想了很多事，又好像什么都没有想。

康赫走在前面，突然停了下来，对汤于彗道："想走走吗？"

康赫之前扣在他头上的帽子被汤于彗摘了下来。他既怕弄坏，又不想再戴着它。

汤于彗的时间变慢了，好像暮色和康赫都会让他迟钝。他过了一会儿才道："好啊，去哪里？"

康赫道："随便走走。你饿吗？"

不像康赫躲在操作室后面玩手机，汤于彗已经在阳光下晒了很久，觉得手指有些发痛，他摇了摇头，过了几秒又说："不饿。"

康赫看了他一会儿，然后把他拿在手里的帽子抽了出来，重新戴在了他的头上。

汤于彗觉得康赫好像有点他看不懂的、非常微弱的难过。

康赫好像真的缺乏柔软的能力，即使是这样带着人情味的伤心，也并不是那种湿润的、流着眼泪似的难过；而是那种坚硬又沉默的难过。

不知道是因为自己不合时宜的话语还是不戴帽子的举动，汤于彗分神地想。

康赫帮他戴好帽子后，重新道："那就随便走走，我好像很少和你一起走路。"

汤于彗短暂地走了一下神，觉得好像确实是这样。大部分出行的时候，他们都在摩托车上，康赭会载着他同行。

平坦而宽阔的公路上，康赭走在汤于彗的前面。

汤于彗对此松了一口气，他也并不知道这个时候要怎么和康赭并排共行。

那种针扎一样的刺痛感好像从指腹往四周蔓延，汤于彗连指甲都开始发痛，在一片静默中，那种麻木堆积起来，突然变得难以忍受，汤于彗叫住了走在前面、和余晖几乎化成了一片的人。

"阿赭。

"你可不可以等等我。"汤于彗看着被铺上橘红光辉的公路，轻声道，"我好想……在傍晚多走一会儿。"

康赭走了过来，沉默地和汤于彗并行。

两人的距离既不远，也不近。

汤于彗走了一会儿，就觉得足够了。但是康赭依旧并行在他旁边。

隔了很久康赭才开口道："汤于彗。"

汤于彗轻轻抵在拳心的指尖轻轻地抽动了一下，就听见康赭平静而确定地道："如果可以，我不希望你记得我。"

汤于彗突然觉得这个场景很可笑，觉得康赭很不讲理，他不着痕迹地握紧了垂在身侧的手，几乎是有点困惑地道："这怎么可能呢？我们已经是好朋友了啊。"

他甚至真的笑了笑："我只是个普通人啊，阿赭。"

康赭缓慢地停顿了一下，他逆着光，面孔模糊，看起来就要被夕阳融在天际了："你什么时候走？"

汤于彗抬起头，带着一点茫然，又带着一点伤心地看着他："还有好几天呢。"

"我知道，"康赭转过来，站在逆光的地方看着他，声音低沉，甚至带了一点严厉，"我的意思是，你会走吧？"

这不是一个疑问，康赭的语气里带着一点逼问的无情，好像在几分钟内，他就已经受够了温暾的掩饰。

康赭其实很少使用问句，即使提问，诚意也很有限。因为他往往在开口之前就已经知道了答案。但康赭现在的神色告诉汤于彗，他好像残忍到十分需要问出一个确定的答案。

2

山区没有补课一说，才刚过六月，学校就放假了。

汤于彗去上最后一节课的时候，在教室破烂的木门前站了很久。

高原的氧气吝啬，阳光却十分大方，总是剧烈又不容分说地笼罩着这片土地。

清晨的一隅光线斜照在汤于彗身上，最后他深吸一口气，推开了门。他做什么动作向来都是很轻的，这次却好像推得太快了。

一进教室，总是因为脏兮兮而显得有些窘迫的学生们今天看汤于彗的目光好像格外勇敢，很多人都抬起了头注视着教室的门。汤于彗如常地展开了笑容，一个字也没有多说，然后打开破破烂烂的教材，开始讲课本上的最后一个单元。

数学广角里，最后一个单元是鸽巢问题。

昨天汤于彗备课的时候就觉得有些难，他看了看挤满教室的不同年龄的孩子。他记得最小的那个上节课才羞涩又骄傲地跑过来和他说刚背会了乘法表。

汤于彗很想给他们展示一个更宽阔、更广大的世界，也很想带他们去。但他没有这样的机会了。

拥挤而破旧的教室里，一个念头不合时宜地出现在了汤于彗的脑海里，他想自己比这群孩子更早地明白，人生永恒的事实是，每个人都只能陪你走一段路。

只是他现在并不太想让这群孩子理解这么让人伤心的事实。

汤于彗叫了三个年纪不一的学生，让他们走到讲台前面来。学生们依旧有点不好意思，汤于彗对他们一一鼓励地笑了笑。

他小心翼翼地从粉笔盒里拿出了四支粉笔，站在讲台上轻柔地道："现在老师手上有四支粉笔要分给三个小朋友，不过老师还不用分，就知道他们当中一定有一个人会至少拥有两支粉笔，大家知道是为什么吗？"

台下的学生开始骚动，过了一会儿有一个男生很小声很小声地道："我好像明白了。"

汤于彗笑了笑，拿着粉笔走到有点紧张的三个孩子面前，他依次给了他们每人一支，然后拿着最后一支举到自己的眼前，露出和学生们并无区别的稚气笑容。

讲台下传来一阵惊奇的叫声。

汤于彗又看了看眼前的三个孩子，年纪最大的那个在和他视线接触的时候，很难为情地转开了头。汤于彗露出笑容，走到那个孩子面前，把粉笔递到了他手上。

"鸽巢原理是组合数学中的一个基本原理，其实也叫抽屉原理,最先是由一位德国的数学家提出来的。老师把四支粉笔交给三个人,那么他们当中至少会有一个人拿到两支。同理,如果我们把三个苹果放到两个抽屉里,至少一个抽屉里有两个苹果;如果有五只鸽子飞进四个鸽巢里,那么一定会有一个鸽巢里的鸽子能拥有另外一位伙伴,对吗?"

看见有的学生恍然大悟,有的学生仍是一脸茫然,汤于彗笑了笑,把想要继续在黑板上写复杂公式的手放了下来。

那个昨天才背会九九乘法表的小男孩好像纠结得眉头都可以夹苍蝇了,大概因为年纪小,他并不像其他学生一样总是带着一丝拘谨,在课堂上很活跃,经常对汤于彗提问。

这次他好像还是没太听明白,举起手有点懵懂地道:"老师,你跟我们说过,中国有三十四个省级行政区,那加上你,现在我们学校里一共有三十五个人,是不是只要用力飞了,总有人能在另外一个地方见到你啊。"

教室里霎时静了,小男孩好像也感觉自己提了一个和定理没什么关系的问题,这个时候像做错了什么事一样怯怯地道:"这样说是不是不对啊……"

此时下课铃响了,汤于彗静静地站了一会儿,他很想告诉这个孩子数学中的假设与世界的真实,也想告诉他们鸽子或许没有那么大的选择权。

确实,如果另外的三十四只"鸽子"用尽全力地飞,至少会有一个省份的坐标归属两人以上,但这个地方也许不是自己所在的北京。而更有可能,这群"鸽子"中只有极少数能飞到别的巢穴,即使飞来了,也会在时光中忘记在一节数学课上,为他们假设巢穴的人。

汤于彗很安静地站了一会儿,他从一开始就不想做出任何离别的姿态,怕他的学生们哭,更怕自己哭。

他静静地把涌起来的感情一一过了一遍,然后慢慢地压下了它们,很温柔地笑了笑:"嗯,是这样,但是鸽子也不用太用力飞,因为老师在每个省级行政区都搭了巢穴,不管飞到了哪里,老师都能来看你们。"

走出教室,汤于彗看见康赫的摩托车停在学校破旧的门口,而康赫正靠在土黄的砖墙上抽烟。汤于彗已经很久没看见康赫抽烟了,以为他等得久了,就走得快了一点。

康赫察觉到了他的脚步声,站直后把烟碾灭在一块墙砖上。

汤于彗看见他的视线越过了自己向后看去,就朝他走过去道:"怎么了?"

康赫端详了他的脸一会儿,翘了翘嘴角:"你今天是不是还没哭?"

汤于彗十分莫名,又带着一点小心为自己辩解道:"是还没有,怎么了?我已经很努力了,我不想在孩子们面前哭。"

他警惕地道:"你要做什么?"

康赫又露出他常见的笑容,这次是很亮又恣意的那一种,他像个眼角弯弯的大男孩,答非所问地道:"有些事只会迟到,不会缺席啊。"

汤于彗满脸茫然,康赫却扣着他的肩膀让他转身。

看到眼前的景象之后,汤于彗的眼角一阵细微的抽动,在还没有反应过来的时候,被关了很久的眼泪跨过了心脏的指引,先流了下来。

四川省甘孜藏族自治州康定市新都桥镇上的一所小学,一共三十四位学生,年龄不一,身高不齐,都穿得破破旧旧,此时站成一排,像盆地与丘陵一样高低不平。

因为缺水和贫穷,这里给不了他们体面的、能够被庇护的象牙塔。他们脏兮兮的,显得很瘦弱。

他们都很小,还没有拥有普世价值观灌输的、属于年轻的、生动而无限的可能性。但他们都眼睛亮亮地看着他们最喜欢最宝贵的一位老师,胆怯,不舍,眷恋,因为老师带给了他们最干净、最遥远、让人心生希望的美好梦想。

他们还是离得很远,像不敢靠近美好的月亮一样,像任何一个思乡望归的游子,抬头仰望遥远美丽的光。

汤于彗带着呜咽,满脸泪水地朝他们招了招手,"鸽子"们就成群结队地飞了过来,如同倦鸟归巢,紧紧地环抱住了他。

阳光温柔地笼罩了他们,让这个圣洁又美丽的场景被草原和高山永远感念、记住。

坐在回客栈的摩托车上,汤于彗还一直在哭。他哭得很安静,康赭是从逐渐被浸湿的后背衬衫感受到的。

康赭停下了车,无奈地摸了摸他的头:"还在哭啊?"

汤于彗的眼角周围红得吓人,鼻子皱成一团,简直像康赭初见到他的那几天,被紫外线晒脱皮的样子。

汤于彗难得地皱起眉头,闷闷地道:"不要你管。"

康赭看着他笑:"又不是我惹哭你的。汤老师,讲点道理好吧?"

汤于彗仍旧闷闷地道:"我回去后一定要好好学习,挣好多钱,然后把它都捐过来。"

"那你跟我阿爸商量吧,"康赭笑着道,"他一定很高兴。"

汤于彗不说话,过了一会儿,他哭得没那么惨了,终于平静下来。

康赭不知道为什么,也和他一样安静了一会儿。

他站得离汤于彗远了一点,才缓缓地开口道:"你都二十四了,怎么还在说这种话?"

"这跟我多大了有关系吗?"汤于彗不解道,"就是要在独立之后,才有资格说这样的话吧。"

康赭像感慨一样叹了一口气:"该怎么说呢?从某种程度上说,你真的是天赋异禀。"

汤于彗眨了眨眼,康赭在他旁边蹲了下来:"我一直很好奇,你明明没怎么被爱过,怎么能被保护得这么好?"

汤于彗直觉康赭绝对不是在夸他,很想反驳,但是也找不到什么合适的说法,只能继续闷闷地道:"我不知道。"

他有点不确定,带着一点茫然讲:"但我觉得如果有的话,也许是姐姐在保护我。"

康赭转过头,很难以形容地看着他。

汤于彗很轻地道:"我想过,如果姐姐没有去世,而爸爸、妈妈还是有了我,也许那个家里,唯一爱我的人会是姐姐吧。毕竟就我知道的,她真的非常非常善良。"

康赭转念一想,觉得大概也确实是这样的,毕竟汤于彗的父母都不会爱他,如果真的产生这种不存在的情况,唯一的亲情来源可能的确是天真、善良，并不缺乏爱意的姐姐。

"你们家的基因真的很神奇，父母精明得要命，姐弟俩倒是都很天真，"康赭躺在了草地上，漫不经心地道，"而且还挺无私，靠想象就能遗传到这么伟大美好的善良。"

汤于彗先是茫然地思考了一会儿，不明白为什么康赭又开始夹枪带棒，过了一会儿才慢吞吞地眨了眨眼："阿赭，你是不是生气了？"

康赭连身都懒得翻，懒懒地道："我生什么气？"

"你气我这么轻易地就原谅了姐姐，"汤于彗笑了，"还把她当作我的保护神。你觉得我的善良很软弱，说不定还觉得它们很愚蠢，毫无价值。"

康赭看了他一会儿，弯了下眼睛，慢慢地道："汤老师，你要记得，我是信佛的，我永远不会觉得善良毫无价值。"

汤于彗像抓住了什么一样，很开心地露出笑容："你就是这样觉得的，说不定还在心里嘲笑我笨。阿赭，你就是这样的，你在逃避问题。"

康赭没什么表情地看了他一会儿，突然觉得连反驳也没什么意义，也搞不懂自己为什么要和他开展这么无聊的对话。

他点了点头："嗯，你说得对。"

汤于彗一噎，继而低下头，沉默了一会儿后道："阿赭，你厌倦天真，讨厌不经计较的奉献，因为你觉得承担这些很麻烦。可是阿赭，为什么呢？你和我不一样，有那么多人在乎你，可是为什么你不在乎自己？"

"没有为什么，"康赭沉默了一会儿后道，"我本来就是这样的。"

"不是所有人都和你一样，善良是你的天赋，但只是我的选择。"

汤于彗轻轻地道："可是阿赭，你知道吗？我也不是真的一直这么天真。我也一度恨过我的姐姐。我觉得生活在她的庇护里，也不过是最近才产生的想法。"

他缓慢地看向康赭，慢吞吞地道："因为我觉得人的一生，能够发生的好事是很有限的，当你遇见了一些事情之后，就要原谅另一些耿耿于怀的东西，才能配得上那份美好。"

"以善抵恶，"康赭淡淡地笑了笑，避重就轻地道，"怪不得我阿爸、阿妈那么喜欢你，你真的很适合做信徒。"

汤于彗沉默了一会儿，收回了自己的那一份失落，释然地叹了一口气。已经到了这个份儿上，他有点于心不忍，甚至也有点胆怯。

"那好吧……"

康赭却突然打断了他："你这么想知道的话，我明天带你去个地方。"

汤于彗一愣："去哪里？"

他向下注视着康赭，康赭的面孔一半笼在云的阴影里，看上去十分平静，也并没有任何感情。

康赭没什么起伏地道："去了你就知道了。

"走吧，带你去看看善良的人的结局。"

3

贡嘎并不是甘孜唯一的雪山，它只不过是一群大雪山的主峰，因为海拔最高，所以名气也最大。

在汤于彗从前的认知里，雪山一直是白色的。经年不化的晶莹静静地覆盖在绝高峭拔的峰岭上，每天见到的只有停留极短的云和永不歇息的寒风。但他后来再想到川西的雪，脑海里却总浮现出蓝红交替的光影。

大概是因为雪山背后的天空实在太澄澈，像一块矿物，让白色的雪映照在一片无杂质的蓝中。或是等到日照夕山，贡嘎带着温柔的余晖，羞怯又磅礴地呈现出神岭应有的原貌，山顶红得如同火山的岩石，又仿佛寺庙被岁月拂过的金色掠影。

汤于彗刚到康定时，还梦想着有一天让康赫带他去爬贡嘎。

印象里康赫好像用一种很无言的眼神看了他一会儿，然后问他有没有登山的经历。汤于彗摇了摇头，康赫就没什么耐心，直接拒绝了。

汤于彗有点不服气地问"为什么"，康赫就很简单地告诉他——危险。

后来了解得多了，汤于彗也就明白了康赫当时不仅仅是不耐烦而吓他，像他这样的户外白痴，贸然地去爬这种雪山的确十分危险。

但是道理虽懂，人却常有不甘。美丽圣洁的雪峰就在眼前，纵然在无数的生活场景中化为背景，如果骤然远眺或抬头看到积雪的山顶，汤于彗还是会睁大眼睛，像不知道如何移开视线一样长久地发呆。

川西实在是太美了，甘孜是它的心脏，是像泪水一样的宝石。群山一言不发地分离，雪却在河流间重逢，牛羊散步在群峰中间，骏马奔腾带起尘土，天空倒映在草原上，就成了蔚蓝的湖泊。

康赭没有说带汤于彗去哪里，但是他猜应该是不太好去的地方，因为康赭带了两个氧气瓶。

到了出发的时候，康赭看起来好像已经有点后悔了。汤于彗被他再三叮嘱，如果爬不动了或者不舒服一定要说。因为按照康赭的原话，这是实在是没什么必要这么努力去看的地方。

汤于彗在康定住了这么久，适应得很快，早就不怎么会有高原反应了。他虽然有预感要爬一小段距离，但是他没想到康赭真的带他来爬一座积雪的山。

康赭强调了不会爬到顶，否则也不会让汤于彗来。

两个氧气瓶并不轻，康赭一言不发地走在前面，沉默地替汤于彗背着负重。汤于彗走得并不轻松，他看着康赭的眉目好像覆上了一层山顶的霜，紧绷的唇角也一直沉默着，便乖巧地保持了安静，全程没有多话。

已是六月，草原上野花开始烂漫，阳光虽然并不炽烈，但是在白天也不会让人觉得特别冷。

可是康赭带他在一座无人的山峰上越爬越高，风愈渐大了起来，几乎要把汤于彗吹透了。此时他真的像一只快要朝着雪山飘去的风筝。

康赭回头看了汤于彗一眼，把自己的外套披在了他身上。

汤于彗忙说"不用"。

康赭没什么表情地说"自己不冷"，还问汤于彗要不要吸氧。

汤于彗摇了摇头，康赭就站起来，看了他一会儿，然后说"快到了"。

汤于彗发现，越到后半程，康赭走得就越慢。

起先汤于彗还以为康赭在放慢速度等他，后来又发现康赭好像没有这样的打算。

越往上走越冷，他们的身边渐渐地有了积雪，浅浅的一层，和山顶的冰川差得很远，但还是让汤于彗停顿几秒，无声地看了一会儿。

康赭带他爬的并不是一座多么高的山，却正好能对着贡嘎金红的雪峰。

汤于彗曾经给康赭念了许多诗。有一次他们躺在山坡上，康赭在听过之后，闲聊时问汤于彗有没有看过一位伊朗导演的电影。

汤于彗听过名字后遗憾地摇了摇头，康赭就很轻地笑。

他抬手遮住了云层移走后直射下来的阳光，又问汤于彗喜欢雪山吗。

汤于彗犹豫着点了点头，康赭就道："我还挺喜欢一句诗，是他写的。"

他的眼睛又眯了起来，一副天真无邪的样子，虎牙放肆地露了出来，像是听汤于彗背诵佛经的回礼，轻而缓慢地对他说了《一只狼在放哨》里的话："对某些人来说，山顶是一个用来征服的地方。对那座山来说，它是下雪的地方。"

此时此刻，汤于彗无言地注视了一会儿对面洁白的雪峰，没有源头地想起这句话，无端地开始难过，不太想去了。

又走了一会儿后，康赭的声音从前面传了过来："到了。"

汤于彗停了下来，环顾了一圈，满目茫然。

他们停在了一个不高不低的地方，这里比半山腰要略高一些，中间有一块凸起，沐浴在丰沛的阳光下，遥遥地和对面宏伟巨大的雪山相望。

前面有一块十分显眼的大岩石，旁边长着一棵高大的冷杉。远远看去，树上还系着什么，在风里猛烈地翻飞，像要朝着雪山张开翅膀。

汤于彗不知道康赭要带他看什么，但是心猛烈地跳了起来，预感就是这里了。

他往前走了几步，却突然停了下来——

因为康赭并没有动，他停在原地，眼睛低垂，冷漠地看着汤于彗的背影。

汤于彗的心重重地一跳，转身走回去看着康赭，很轻地问："怎么不走了？"

康赭神色漠然得几乎让人害怕，他平静地道："你去吧，我就不过去了。"

汤于彗一愣，无端地开始慌张，小声地道："怎么了……"

他抬起头看着康赭，冰山到底还是冰山，不过那种寒冷的体温触感没有让他停止心中的难过——

康赭神色无异，挺拔英俊，像神像一样安静地伫立在雪山上，而他被汤于彗抓住的手正无声无息地颤抖着。

4

正对贡嘎山的半山腰，康赭面无表情地看着汤于彗小心翼翼地仰起担忧的脸，很想直接别过头去，或者说"你别看了"。

他知道自己的手在抖,但他的心里其实没什么特别强烈的感觉。

每次都抖,康赪想起来甚至都觉得有些好笑。但这次他没有再面含讥讽地注视着那面镜子,就好像被人抱着的话,就可以不必假装不累地站在它面前。

康赪又想抽烟了,也真的很想叹一口气,或者睡一次什么时候醒来都无所谓的长觉。

康赪冷淡地感受了一会儿自己没什么波澜的内心,觉得除了一把仿佛柴火烧尽以后的倦怠的灰尘以外,好像什么都没有。

唉,别看了。康赪疲惫地想,别看我了。

面前的人无声无息地被注视着,汤于彗下意识地有一点慌,他不知道自己该做什么,只能用自己喜欢的被安慰的方式,笨拙地隔空抱了抱康赪。

康赪刚才那种无声又冷静的颤抖让汤于彗的心陡然疼了起来,此刻即使相距这么近,汤于彗也没有什么实感,就好像面对着一团马上就要滂沱,然后消失在天空中的积雨云。

但那种让他哭都哭不出来的共情仿佛只是汤于彗瞬间的错觉,康赪很快就恢复了原样。

他点了一支烟,抽了一半,朝着天空吐出一截慢而长的烟雾,然后停了下来,对汤于彗笑了笑。

汤于彗看见他几乎是有点松弛地咧了一下嘴角,然后把没抽完的烟踩掉了,走了过来,揉了揉自己的头发,算是安慰。

然后汤于彗就听见康赪仿佛叹息一样地道:"算了。"

汤于彗被康赪一言不发地带到了那一块石头面前。

180

出乎他预料,那就是一块普通而巨大的石头,并没有什么特别的,唯一引人注目的就是那像是被人后来搬过来的痕迹。

刚刚在远处看到的飘扬的带状物,汤于彗离近了细看,才发现它是一条红色的幡,被系在一棵高大的冷杉枝条上,上面写着藏文。

汤于彗看不懂写的什么,但感觉很像一个名字。

两个人沉默地站了一会儿后,康赭终于开口了:"上次你去我家的时候,我阿爸是不是跟你提到了我的一个朋友?"

汤于彗心里莫名地一颤,就像某种猜测得到了印证,他小心翼翼地轻声道:"是。"

"我就知道,"康赭淡淡地笑了笑,"我阿爸摆出那副表情,一看就是想起他了。"

"阿赭……"汤于彗不知道说什么,浅浅地蹙起眉,忧虑地看着他。

"你们有一点像,但没有多像。你还记得他的名字吗?他叫桑吉。但这里埋的其实不是他,"康赭顿了片刻,突然转过来,问了汤于彗一个问题,"你知道这里不兴土葬对吧?"

汤于彗愣了一下,很小声地道:"知道……"

康赭无所谓地笑了笑:"你不用这么小心说话,他也不是我埋的,而且灵魂不在这里,他听不到,也不会介意。"

汤于彗不知道说什么,正想再轻声地、不那么笨拙地说一些适合的话来安慰他,却听见康赭在旁边平而缓慢地道:"我的才在这里。"

汤于彗猛地抬起头,嘴唇无意识地张开,却一句话都说不出来。

　　康赫没有看他，自顾自地讲了下去："这里只埋了一些他曾经用过的东西，衣服、书，还有别的什么，应该是吧，我猜他也就这些东西了。"康赫很淡地笑了一下，"什么都没有，我就搬了一块石头过来。不过在这里好歹能看到雪山。

　　"他的尸体我们没有找到，可能早就在山里被泥水冲走了。"

　　康赫平平淡淡地讲："我倒是觉得挺好，总比埋在土里好。"

　　他好像在和汤于彗科普一样，没什么感情地说道："在藏族人的观念里，土葬会让死者的灵魂困在土地里，不能升天。

　　"你即使不信佛教也应该知道，"康赫道，"对于我们来说，怎样死其实比怎样活重要得多。"

　　汤于彗静了好一会儿，才轻轻地道："为什么……"

　　康赫转过头去，盯着那一条飘扬的红幡，很久才开口："其实我也不太明白，他阿爸太狠心了。那么善良的人，怎么能做到这一步？为什么？我也不知道，我觉得真的不至于。"

　　出于本能，或是极其敏锐的直觉，汤于彗在这一刻产生了强烈的惧怕，他觉得自己应该立刻离开，立刻停止发问，也不应该听到后面的故事。他几乎是急切地拽了一下康赫的袖口，像一个逃兵一样，因为一块石头和一棵树而惊慌失措："阿赫……"

　　太慢了。康赫的身上已经萦绕起了经久的、沉默的、像囚笼一样的硝烟，他平静地推开那一面镜子，将视线从汤于彗的脸上转开，看向遥远的过去。

　　三年前，致远中路28号，深圳北站。

康赫靠在一根柱子上，百无聊赖地捻着裤兜里的烟盒，想了想，还是觉得为了这么一点事交罚款不值得。而且在大庭广众之下被人抓住交钱很麻烦，也挺傻的。

　　他疲惫地长吁了一口气。

　　昨天晚上有一辆快报废了的铃木汽车被送到店里，也不知道是从哪条路上下来的，被弄成这样，康赫当场就想关门赶人，结果老板和车主认识，特意赶了过来，笑嘻嘻地让康赫不着急，慢慢修。

　　老板是康赫在青海认识的朋友，不常来店里，但跟康赫关系很好。康赫权衡了一下，觉得虽然有点麻烦，但正好可以打发在深圳的最后这一段时间。

　　第二天上午他正在修排气管，弄得满身脏，正又烦又热，康父突然打了一个电话过来，开口就让他去火车站接一下人。

　　康赫几乎有点茫然道："接谁？"

　　"嗯？你德吉叔没有给你打电话吗？"康父道，"小桑去深圳找工作了，下午两点多到。我让他先去投奔你一段时间。"

　　康赫的神经跳了跳，垂下眼皮，不是很愉悦，没什么情绪地道："桑吉啊。"

　　他换了一只手接电话，让听筒离得远了一些："我有什么好投奔的，打着工呢。"

　　康父在那边笑了笑："你要是不愿意就直说不愿意吧，我什么时候勉强过你。

　　"不过我提醒你，桑吉人生地不熟的，普通话都说不明白。好歹从小和你一起长大，叫了你那么多年'哥'。他阿妈去世这么多年了，他阿爸好不容易同意他出去看看外面的世界，你就看看你忍不忍心吧。"

康赭挂了电话后，翻了一下记录，昨天确实有一个没有备注的号码给他打了好几次电话。

康赭的号码经常有人打，尽管他从来没给过别人，但找到他的人总是很多，浪费时间接了几次之后，康赭就再也不接陌生号码了。

德吉叔那样的人，估计打了几次没打通，如果能和下了车的桑吉联系上，会立马让桑吉买票回去，就怕给自己添麻烦。

康赭看了一会儿自己沾满了机车油污的手，叹了一口气。

已经快要入夏，深圳像个正在起灶的火炉，实在太热了。康赭在车站里面站了一会儿，满背都是汗。

他刚跟房东打完电话续租，压着情绪沟通解释，说完之后更感觉身心俱疲，这会儿蒸着"桑拿"，连呼吸都觉得麻烦。

他阿爸跟他说，桑吉没有手机，让他注意着点。

康赭几乎有点无语，自己都走了好几年了，真不怕他把人接丢了。

康父听到后像是安抚一样地笑了笑说："小桑那么乖，不会给你添麻烦的。"

他一直盯着出站口，没有玩手机，要不然等会儿找起人来会更麻烦。

深圳的云那一天沉甸甸的，不知道是不是要下雨。

康赭去过很多地方，但总是更偏爱干燥的气候，他一向很讨厌黏糊糊的潮湿，此时面无表情地盯着阴沉沉的天空，觉得自己今天过于不耐烦，不能这样对一个千里迢迢找过来的朋友，于是开始熟练地排遣和放空。

　　康赭记得那天深圳确实下了雨,他等了一会儿还是走到外面去抽了一支烟。

　　他在那一场重而密的雨中,唤醒了被刻意忽略的记忆。看见熟悉的羞怯又热诚的一双眼睛以及拥有这双眼睛、朝他奔过来的人,康赭冷淡地想:真的很麻烦。

5

　　"我给你把我的屋子收拾出来了,你就暂时先住在这里吧。"康赭进了屋子之后,把桑吉的行李放在了自己的床边。

　　说是行李,其实也就是一个比编织袋好不到哪里去的布包,破破烂烂的,上面沾满了长途颠沛后的灰尘和脏污。

　　因为事情来得实在是太突然,康赭看见床上自己还没来得及换的床单和被罩,烦躁地皱了皱眉。他回头看了看桑吉,却发现他还没有进来,而是有点手足无措地站在门口。

　　先是从镇子上搭班车到了县城,又从县城坐大巴到了成都,没买到卧铺票,但桑吉很庆幸自己买到了硬座。他的行李不多,但这已经是他全部的家当,他不敢睡觉,生生地熬了一个整夜,等下午到了深圳的时候,他已经不眠不休地坐了快三天的车。

　　身上的火车味还没有散去,桑吉从来没有一刻意识到自己身上的气味竟然如此难闻,他怕康赭发现这股味道,便只能拘谨又窘迫地站在原地。

　　桑吉在离开之前,就知道自己必定是害怕来到这个大城市的。

他并没有因为自己是一个乡下来的、连汉语都说不好的少数民族青年感到难为情,但他在这格格不入中产生了后知后觉的羞愧。

他知道外面的环境很不一样,但是康赭干净、整洁,在他看来称得上是体面的住处陡然把这种格格不入具现化了。

桑吉站在卧室门口,看见自己脏兮兮的行李被康赭堆在整洁的床边,一瞬间竟然有点想哭。他站在门口,手指无措地抠着门框,犹豫地道:"阿赭……我是不是给你添麻烦了……"

康赭一顿,回头看了他一眼,讶异地挑了挑眉:"会说汉语了?谁教你的?"

桑吉有点不好意思地垂下了头,本来还能勉强说得整齐的汉语一下子变得结结巴巴:"就你走的这……这几年……我去上了学。不……不是什么好……好学校,就……就是……县上的……高中。没读完……阿爸……阿爸不让我读了。"

"是吗?学会汉语还是挺好的。那你平时要尽量多说,不要怕。"康赭沉默了一会儿,还是友好得像个大哥哥一样,没什么计较地笑了,"怕什么,我又不会笑你。"

桑吉抿了抿唇。康赭去柜子里拿出了新的床单和被套,放在了床上,揉了揉眉心,才回答了他刚才的问题:"没嫌你麻烦,别想多了,我就是今天有些累了。"

见到了康赭点头之后,桑吉才敢走进这对于他来说过于明亮干净的房间。康赭指着床单和被套对他道:"你自己换一下吧,太麻烦了,我就不帮你了。"

桑吉听话地点了点头,康赭安静了一会儿,还是很直接地说道:"不过我在深圳待不了太久,本来下个月就该走了的,但是你来了,我就待到今年冬天。不过你要做长远打算,如果想在深圳安定下来,还是要早做决定,找房子一般是越早越好。"

桑吉像是没听懂一样,过了一会儿才呆呆地道:"你要去哪儿?"

康赭沉默了几秒,没有直接回答:"再说吧,还没想好。"

桑吉急切地道:"还没想好就决定要走吗?"

康赭"嗯"了一声,看了他一眼。桑吉下意识地轻微退后一步,康赭收回了目光:"你早点休息吧,我今天去沙发上对付一晚,等明天再去买一张折叠床。隔壁那间屋子我没收拾出来,上一个租房的人前一阵子退租了,不过还有些东西在那里,我明天给房东打个电话。"

桑吉连忙道:"这怎么行,你睡床,我去睡沙发。"

康赭拍了拍他的肩膀:"别客气了,你睡吧,有什么事明天再说。"

等到第二天早晨,康赭被闹钟吵醒的时候,起床气十分严重。

要在这个闷热又潮湿的城市过夏天,还要再待好几个月,重点是还有一个这么头疼又棘手的麻烦,这种烦躁好像不是睡一觉就能缓解的。

康赭疲惫地揉了揉眉心,调节了一下心情,又坐起来醒了几分钟神,确定自己不想再无理取闹地发邪火后,便走到卧室门前敲了敲门。

卧室里低语的声音立即一顿,继而是一阵慌乱的磕磕绊绊声。康赭在门口站着,隔了几秒之后沉着声音喊了一声:"桑吉。"

拖鞋急促地在地板上趿拉的声音由远及近,桑吉带着一点无措开了门:"阿赭?什么事?你怎么起得这么早?"

康赭从打开的门缝里往内看了一眼,淡淡地道:"在打电话?"

桑吉捏在门把上的手猛地一紧,勉强笑了笑:"是啊。"

康赭掀起眼皮,脸上看不出什么情绪:"我怎么记得我阿爸告诉我你没有手机?"

桑吉窘迫地垂下头:"不是手机……就是……以前我阿爸单位发的小灵通。"

康赭没说什么,只是盯着桑吉看了几秒,直到他开始不自在地垂下眼皮,康赭才淡淡地道:"这样啊,没关系,以后有空带你去买。"

吃过早饭后,康赭要去店里继续工作,便问桑吉今天打算干什么。

桑吉好像因为早上的事还没有回过神,吃早饭的时候一直没说话,过了一会儿才反应过来一样道:"我去……找找工作。"

康赭在门口换鞋,闻言一顿,想了想还是没说什么,放了一把钥匙在鞋柜上:"那你加油。这是房子的钥匙,要是找不到的话,就先回来。"

他犹豫了一下,最后还是从包里掏出了两千块现金,和钥匙放在了一起。

桑吉这下回神了,脸涨得通红,拼命摆手,连藏语都憋出来了,就是不要。

虽然猜到了会这样,但康赭还是敲了敲桌子,刻意不怎么耐烦道:"别闹了,我上班要迟到了,也没有别的意思。你需要的话可以先用着,实在不需要的话就放着。"

桑吉被他用这样的语气一说，什么话也不敢说了，只能讷讷地坐在原地点了点头。

康赭走出门后，边下楼梯边想自己是不是逼得太过分了。他叹了一口气，想他阿爸到底知不知道他一口一个乖的小桑吉背着自己在藏什么事。

走到一楼的时候，康赭又被几步楼梯的运动量给逼出了汗，他的脑海里浮现出德吉叔的脸，感觉自己最近叹气叹得越来越频繁了。

等下午康赭回来的时候，桑吉果然已经回来了。

他什么也没做，就是像发呆一样直直地坐在沙发上。

他像一团拘谨的空气，即使身处其间，也仿佛比这个空间内其他没有生命的东西还要没有底气，什么都不敢动，也什么都不敢做。

康赭看着他，感觉有点累，实在是想不通到底为何。

桑吉一看到他回来，仿佛终于活了过来，眼睛骤然被点亮："阿赭，你回来了！"

"你想吃什么？"桑吉很开心地笑道，"我去买了点菜，可以给你做饭。"

康赭把钥匙放在鞋柜上面，感觉最近不太好的事做多了，会折寿吧？但他还是没什么情绪，直接道："找到工作了吗？"

桑吉眼里的那一点光迅速熄灭了，他的脚步顿在原地，有点难为情地道："没有……还没有……我明天再去试试。"

这样找到冬天也不可能找到，康赭冷静地想。

他倒了两杯水，坐在沙发上，让桑吉在他对面坐下。

桑吉看起来有些紧张，两只手的手指无意识地蜷在一起。康赭喝了一口水，沉吟了一会儿后道："深圳不太好找工作。"

对面的桑吉猛地抬起头，仿佛终于为自己的难堪找到了一个说得过去的理由："是的……我阿爸之前也跟我说了……大城市不好找工作。"

康赭没说什么，他知道这个年纪的人都有很强烈的自尊心，尤其是憋着一股气的，处境越是艰难就越是执拗，想必桑吉最怕的就是自己看不起他。

康赭虽然打算离他远点，但实在没必要在这一点上对他这么不好。他点了点头道："嗯，是很难找，所以我帮你想了个办法。我有一个朋友开了一家唱片店，需要有个人在店里看着，正在到处招人，所以我回来问问你，你看看你想去吗？"

桑吉沉默了很久，才像是鼓起勇气，低声道："什么是唱片啊？"

康赭一愣，继而心里涌起了一点说不出的滋味，他放缓了一点语气道："你去待几天就知道了。工作很简单，他那个店几乎没人去，你只要每天去开门关门，在店里的时候随便挑几张唱片轮着放，偶尔收一下钱，不复杂的，还可以每天听听歌，你想去吗？"

桑吉不说话，手指又开始无意识地绞着。

他安静了很长时间，长到康赭又开始不受控制地不耐烦，桑吉才很小声地开口道："我去。"

那天晚上给康赭做饭的事桑吉到底没有实现，康赭带他去外面吃了一顿火锅，说是庆祝他找到工作。

当时桑吉的心里升起了隐秘的期待，在一通热烘烘的辣油味中，他第一次正视了自己选择的人生，觉得一切都会有希望。

但桑吉很快就发现，自己的生活和康赭的相差还是很远的。

因为唱片店开在夜市里，桑吉往往需要下午来开门，晚上十点多才能够回去。康赭每天很早就去店里，一般下午就回来了。跟他的时间几乎完全错过。

一开始，桑吉打起精神很开心地给康赭做了几天早饭，但是康赭每次都会说他没胃口，或者早上吃不下东西。但是康赭也不是完全不做饭的，有些时候桑吉晚上回来了，还会看到康赭给他留的夜宵。

逐渐地，桑吉模糊地意识到，康赭是不想和他联系过于紧密，才这样保持了距离。康赭不希望自己太依赖他。

刚来的时候，自卑几乎快成了桑吉心上的一块顽疾，对于自己和这个光鲜又体面的大城市间的鸿沟他心知肚明。每天出门前，他都会不自信地站在镜子前面照很久，生怕自己身上有哪一个细胞暴露了自己只是康赭一个带着一身麻烦的、甩也甩不掉的土气同乡。

不过康赭几乎不照镜子，只有一面很小的镜子在卫生间里。

有一次康赭休息的时候，撞见桑吉费力地在卫生间里那一面小镜子前上上下下地照了很久。当时康赭没说什么，但后来还是在客厅里装了一面很大的等身镜。桑吉很久之后都还记得康赭笑着跟他说大男人少照镜子、要自信一点的样子。

康赭的好其实是无声的。

桑吉的那一间屋子没有空调，只有电扇，这在盛夏的深圳几乎难以忍受。高原都是冷得冻人，他从来没经历过这样沉闷又潮湿的黏热。而他住了一个多月,身上的钱花得都差不多了。有一天晚上康赭撞见他被热醒在阳台吹风,当时没说什么,但是第二天他下夜班回来之后,就看见房间里多了一台空调。

这是出租房,空调带不走,这么做完全就是便宜房东。

那天桑吉愣愣地看着崭新的空调,手足无措地在房间门口站着。

康赭已经睡了,好像刻意不想被他感谢的样子。他来了这么久,已经学会了品味康赭无声的拒绝,也知道了康赭并没有什么别的用意,但他还是不能控制自己的内心酸涩得皱成一团。

这是空调啊,连阿爸都没见过也没用过的高级电器。联想到来之前的事情,还有最近接到的电话,桑吉开始感觉到些许不安和自责。

唱片店的工作轻松,可是桑吉依旧没有在这个城市找到自己孤注一掷、背井离乡的意义。

每天夜里,躺在空调吹出干净又好闻的冷风下,桑吉就会很想家,有时候还会产生一种想哭的情绪。

阿赭真的是个很好很好的人。桑吉想,他帮自己找工作,给自己留夜宵,为自己装镜子、买空调,但这些并不是因为自己值得他付出,而是因为他觉得有照顾自己的责任。

康赭每周还会和自己的阿爸通一个电话,桑吉一直想不通到底为什么,但后来也渐渐地回过味来。康赭几乎做了所有作为同乡、朋友甚至是哥哥该做的事,但唯独没有一件是亲近自己、肯定自己的。

康赭体贴周到,充满了合适又不伤人的距离感。他是这个城市真正的居民，游刃有余，对什么都不留恋，和那个桑吉熟悉的，在草原驰骋，喂马、放羊、看云，从山坡上奔跑下来，然后在天空之下放肆又骄傲地露出笑容的阿赫哥哥完全不一样。

桑吉知道自己汉语讲得很差，连高中学历都没有，得以体会好几个月的城市生活，完全是依靠着康赫的帮忙。

他曾经也想要努力，几乎是削足适履地想要融入这个所有人看起来都美好、遥远、充满幻想的城市。他希望能够不过于突兀地留在这里，能够走得更远，像阿赫一样，成为自己想要成为的人，然后能够为家乡做些什么。但就是这一点点要求，桑吉原以为并不多，却没有想到实际上会这么难。

几个月的时光就在这样巨大又空旷的空白里度过，深圳最热的时候已经过去了，桑吉在初秋第一个下雨的夜里恍惚想，要不我还是回去吧。

可是心中总是有那么一个声音在叫嚣着不甘心，他好不容易来到了最崇拜的人身边，终于比从前前进了那么多，终于有可能成为和康赫并肩同行的人。

尽管现在还不行，可是放弃了就什么也不会再有。

桑吉想到那个人在电话里说的话那么笃定，声音听起来那么有自信，他描绘的世界那么好，即使是自己这样的笨人也有可能做到。

他是真的很笨，远远没有阿赫那么聪明。他大概永远也不会有阿赫那么聪明了吧。

他花了这么久才想清楚，刚来的那天，阿赫在车站看到他的第一个眼神，原来并不是他后来客气着否认的事实，而是真的并不欢迎他。

桑吉在挣扎与矛盾中有时会痛苦地想：等阿赭离开了深圳，我也回家吧，回去陪我阿爸。

桑吉想自己不该再这样不合时宜地打扰他了，自己本来也不想要什么，只是想离从前的梦想近一点。

桑吉觉得自己像深圳潮湿阴郁的空气一样，一无所有地依靠着阿赭。

桑吉能够感觉到康赭的无奈、康赭的妥协和疲惫，他甚至能够感觉到康赭从来没有理解自己不远千里来投奔他的坚持和意义。但桑吉希望康赭不要觉得困扰，因为自己并不会永远像这样攀附于他。他坚信自己会成为更好的、能够让康赭感觉到放心和信任的人。

只需要拿出勇气，冒一点点险就好了。

一点点而已，阿爸的病有可能会治好，山里那么多年想盖的学校，有可能会盖好，吃穿可能不愁，能够读很多很多的书，能够挺胸抬头地走在这个城市里，能够让阿赭有朝一日为他感到骄傲。

桑吉生日那天，他辞去了唱片店的工作。

康赭通过朋友打电话来得知，有一点惊讶，但是桑吉没有主动给他说什么，他便当作不知道。桑吉以生日为由，下午就给他打过电话，晚上想要请他吃饭。

他用的还是刚来的时候拿的破破旧旧的小灵通，康赭几次说要给他买手机，都被他诚惶诚恐地拒绝了。

火锅店里人声鼎沸，热闹且充满烟火气息，是最适合吃散伙饭的地方——

"你想好了？不留在深圳了？"康赭看着面前的人问道。

唱片店的工作既然已经辞去，桑吉此前又没有跟康赭打招呼，不过既然已经决定了，隐瞒也没有必要。他笑了笑，带着一点不好意思道："嗯，我想再多走走。"

城市多少改变了这个大山里的藏族少年，他终于不再像来时那么畏惧和柔弱。虽然仍然缺乏自信，但这个时候他却带着笑意道："我可能还是不太适合大城市。我本来也就是想出来看看，能留在外面最好，留不下的话也能多去几个地方转转。"

"别这么说，"康赭平静地道，"不过想好了就好。"

桑吉只是笑笑，没有再说什么。

尽管从来没有承认，但是康赭的确更习惯个人生活。他知道桑吉是因为他在这里，所以投奔而来，但现在桑吉能做出自己的选择了，他还是感到欣慰。

久违地，他没有再刻意地保持疏离，和要离开的人喝了几杯酒算作送行。

几杯酒对康赭来说完全是不过心的小事，但桑吉不知道为什么，一杯接着一杯地喝了下去。藏族人的酒量都是惊人的，但桑吉喝到最后，竟然还是醉了。

康赭觉得这个时候拦他也没什么意思，而且他也的确不管找醉的人。

桑吉在被他扛回去之后很快就在自己的房间里睡着了。康赭想起自己今天刚换了床单被套，又嫌弃地闻了闻自己身上的酒味。扛喝醉的人实在很累，康赭难得犯懒，不想洗澡，便将就着在沙发上凑合了一个晚上。

康赭不算睡眠很浅的人，但是卧室中轻手轻脚的动静也足以让他醒了。

桑吉的行李可能早就打包好了,因此他并没有发出特别大的声音。但在夜里,康赫的感官总是比白天还要敏锐。白天他是懒散的、困倦的,而到了夜里,他变得能够和这个世界相连。

不过康赫并不想动,既然桑吉决定以这样的方式告别,康赫自然更乐于尊重这种选择。

就算他想不通,桑吉到最后为什么还是流泪了。

他哭得并不伤心,只是小心地抽噎了两下,然后断断续续地传来鼻子的气声。

有一点像即将翻山越岭出去上学,或是一无所有而毕业的小孩。康赫心想,到底还是和预期有差距吧,没有攒到什么钱,也没有真正学到什么,最终发现自己仍是什么都不会。看到山外的世界有多大以后,才真正觉得没有办法走出山外。

桑吉应该是拿好了他提前收拾的行李,在客厅里站了很久。康赫只能看见一个模糊的影子,沙发正对的那面镜子却因为反射月光而显得那么清晰,那么明亮。

桑吉起初并没有出现在镜子里,直到他越过康赫,很缓慢很缓慢地往门外走去,他瘦小又蜷缩的背影才和眼泪一起具象化,落在了康赫的视野和听觉里。

最后康赫无声地眯缝着眼,在镜子里,他看到桑吉回头望了一眼房子。

那个眼神,很多年后康赫都还能清晰地记起来。

在康赫的回忆中,他总觉得那面镜子好像有了裂缝,因为他常常感觉自己清楚地听到了清脆又刺耳的破裂声。但康赫后来确认过了,玻璃是完好无损的,那一声破裂的响声不过是自己的错觉。

桑吉走出去的时候关上了门,那是他当晚发出的最大的一点声响,也是康赭聆听到的最后一声他与这个世界联系的动静。

镜子依旧反射着月光,但是康赭闭着眼,已经重新睡着了。

6

"我后来就没有再见过桑吉了。"

康赭静静地站在那一块巨大的石头面前,仿佛随时都要被吹往雪山的任何一阵风带走:"也不是故意避开,只是没能再联系上他。"

汤于彗站在他旁边,难过得不可抑制,不是为了自己,而是为了埋在这里、已经化作了尘土的少年,为他曾经跋涉几千千米的、已然面目全非的勇气而难过。

"为什么没有联系上?"

"他被一个号称老乡的人骗到了广西,"康赭道,"做境外诈骗。"

汤于彗愣愣地看着他,康赭沉下声道:"其实一开始桑吉也察觉到了不对,但那晚我塞在他包里的手机被他留在了房间里。他没有通信工具,后来我找过去,只在一个小卖店老板那里拿到了他几封信。

"但只有几封,后来他应该就不写了。"康赭转过身来,看向石头旁边的那棵冷杉,淡淡道,"警察说他是犯罪团伙里涉案量最多的。

"可能一开始只是被骗,后来就被洗脑了吧。"

汤于彗没有发现自己的手在轻轻地颤抖,他艰难地道:"后来呢?"

"后来，应该骗了很多人吧，害得很多人家破人亡。"康赭的声音没什么起伏，"这是警察告诉德吉叔的，我也只是听说。"

看到汤于彗苍白的脸，康赭淡淡地笑了笑："不过他还没来得及被绳之以法就出事了，警察联系到德吉叔，是因为需要认领遗体。

"我不知道桑吉最后到底有没有像他说的，去了很多地方。但警察是在他回家的路上找到他的。他身上带了很多现金，然后就只有一叠从广西坐过来的车票，很难看清名字，可能是因为被攥得太紧，全都皱巴巴了。

"大巴刚到四川境内，遇到山体滑坡，他们一车的人都死了。"

康赭把视线又转向了远方，看着已经累积在贡嘎神山上千万年的积雪，没有悲伤也没有痛苦，只是带着真诚平静地问了一个问题："你说，我是不是该对他好一点的？"

康赭的声音无波无澜，像雪山覆盖的伤口："起码耐心一点。我什么都没有教会他。"

汤于彗没有办法回答他。

他已经抖得不成样子，眼泪不停地流下来。

他苍白地道："阿赭，这不是你的错……"

"我没说是我的错，"康赭轻轻地道，声音几不可闻，"但如果可以的话，我希望我曾经拉过他一把。"

他看到汤于彗哭得可笑的脸，轻轻地摸了摸他的头，很淡地笑了笑："别哭了，汤汤。你看，就是这样，我没有办法离开这里，我本来就不是特别快乐或者痛苦的人，在哪里、去哪里其实对我来说没有什么区别，但我没有办法这么轻易地和它告别。

汤于彗哭得发抖，他颤抖着道："没关系，没关系阿赭……我明白……"

康赭安静地和他在雪山洁白光芒的注视下站着，过了很久，汤于彗才仰起头，看着康赭干涩的眼睛："阿赭，你会怪他吗？会恨他吗？"

康赭笑了笑，微微上扬的嘴角让汤于彗的眼泪更不可抑止地掉下来，他很轻地摸了摸汤于彗的头，带了一点悲伤的温柔道："你是不是没有认真听？"

汤于彗的眼泪把衣服都蹭湿了，才听到康赭仿佛叹息一样的声音："不会怪，也不恨。"

"但是并不能原谅。"

两个人从山上下来以后，康赭的神情已经恢复如常，仿佛不曾亲手带着汤于彗和自己的一切告别。

康赭把头盔扣在了汤于彗的头上，轻轻地替他扯了扯带子："后天走的时候我去送你吗？"

汤于彗的眼睛哭得发痛，这时有点睁不开，他很轻地道："好啊。"

"嗯，"康赭点了点头，很浅地对他笑了一下，"希望你以后有机会再来甘孜玩。"

"好。"汤于彗也勉强地点了点头，露出笑容，"如果有机会的话。"

同样的长路，此时的样子和初始的煦阳铺洒下来时没有什么不同。

摩托车轰隆轰隆的,像隧道中巨石滚动的响声。天仍然兀自地蓝着,山那么绿,云远远地挂在峰顶,从很近的地方飘到很远,送别游子回到原来的地方。

第七章 长停川

1

汤于彗不敢相信，自己来甘孜好几个月了，行李竟然没有增加几件。

他不记得关于离开北京的那班飞机的任何细节，却把航班号码背了下来。

住了好几个月，属于汤于彗的客房俨然成了他自己的卧室，柜子上面摆满了各种零零碎碎的东西——汤于彗从河里捡来的石头、康赭用草茎给他编的手环、康母亲手给他织的上面绣着格桑花的围巾……

汤于彗的视线转到一个锈掉的铃铛上时一顿，暗暗出神。

这是在一个下午他陪康赭去放羊的时候，康赭从"康巴小王子"的脖子上取下来的。

小王子不愧是阿赭最喜欢的小羊，铃铛很干净，应该是经常清洗，一点羊身上的腥膻味也没有沾到。

汤于彗对它的声音特别熟悉，因为这个铃铛后来在他的生活中出现了无数次，每次都伴着风声。

汤于彗把铃铛拢到掌心，轻轻地闭了闭眼。

明天就要走了，但他收拾东西还是慢吞吞的。

到晚饭时间，康赭看他还没有下来，就来房间里叫他："还没收拾好吗？"

每当晚餐加上"最后一顿"的限定时，就会具有让人伤心的仪式感。因为汤于彗的飞机是明天上午的，所以他一开始就不太想去吃这顿饭。

他怕自己又哭得一塌糊涂，他最近哭得实在是太多了。

"我还要等一会儿。你们先吃吧，我收拾完了再下去。你让叔叔、阿姨给我随便留点什么就行。"

没叫动人，康赭却也没离开，他在原地站了一会儿，然后蹲了下来，隔着一个行李箱问汤于彗："需要帮忙吗？"

汤于彗觉得自己实在没什么说话的力气，只简短地答道："不用。"

康赭还是没离开，他把一顶帽子从汤于彗仔细收叠的行李箱中拿了出来，放在手里捏了捏："这个我拿走了。"

那正是他在康定的超市里买下的，送给汤于彗的那一顶帽子。

汤于彗愣愣地道："你不是送给我了吗？"

康赭道："嗯，可是现在我要拿走了。"

说不清楚为什么，就因为一顶做工粗糙，甚至不太好看的帽子，汤于彗一瞬间心里十分诧异。

因为这是自己在那个金山夕照的下午，清晰又狼狈地把自己剖开给康赭看之后，康赭送给他的东西。

现在他却要收回了。

汤于彗不回答，闷闷地蹲在行李箱前叠衣服。康赭也不说话，只是一言不发地静静地看着他。

过了一会儿，汤于彗突然像泄气一样说道："嗯，你拿走吧。"

"谢谢。"康赭道。

他站起来，说道："在厨房给你留一点吃的东西，收拾完了早点休息，明天我送你。"

说完他正要离开，却被轻轻地拽住了。

康赭的脚步轻轻一顿，继而他面色平静地转过来，淡淡地道："怎么了？"

汤于彗抿着嘴，垂着头，像是不知道该怎么开口。他静了很久才问道："我可以带走那件羽绒服吗？"

房间里一下变得很静了，仿佛空气的流动都清晰可闻。

康赭轻微地怔了一下，没想到他要说这个。

他往后退了一步，被汤于彗拽住的衣角从手指间滑出。康赭站在一个不近不远的距离，对汤于彗笑了笑："可以啊。"

"谢谢你，阿赭。"汤于彗抬起头，看着他笑了。

康赭别过视线，很快地离开了房间。

汤于彗一夜辗转反侧，想起很多电影和书本里的场景，在心里一遍又一遍地怅然问道："人们该以什么样的姿态去道别？"

第二天天亮的时候，汤于彗感觉自己好像几乎没有睡着，那个问题始终在脑海里环绕。天窗刚好漏下来一段细细的尘光，他从床上坐起来，揉了揉眼睛。

离开的这一日康定依旧美得惊心动魄，汤于彗对着飘到天窗一角的一片云无声地笑了笑。

康赭穿了一件很薄的黑色外套，帮他把箱子拎到了楼下，又帮他把箱子绑在了摩托车上，就和第一天的时候一模一样。

汤于彗去大厅里和康父康母告别，他双手合十对他们微微鞠躬，用上了自己最大的诚意在心里道：阿姨说我有佛缘，如果真的有的话，希望佛能听我的祈愿，把这缘都结到他们一家人身上，让他们永远幸福、健康。

机场离这儿有四十八千米，汤于彗放空地看着国道在他身后掠过千里一途的漂亮风光，回头望见青山在他背后倒退，像是无声的送别。

汤于彗轻轻地闭上了眼。他希望面前的人能永远和冰川一样坚硬、自由。

路途再远也有到达的时候，他们来得并不算早，汤于彗应该进机场了。

康赫帮他把箱子拎了下来，但自己仍然坐在摩托车上，腿撑着地，看样子是不打算送他进去了。

汤于彗不知道自己现在笑起来会不会是一副乱七八糟的样子，但他还是努力地咧开了嘴角。

康赫沉默地注视了他好一会儿，然后才开口，声音沉沉的："走吧。"

汤于彗想开口，但刚说了一个"好"字就带上了哭腔，他只能用力地用一只手捂住了嘴巴，对康赫点了点头。

康赫对他摆了摆手，汤于彗刚刚狠心地转过头，走了一步就被康赫叫住："等一下。"

汤于彗转过头来，满眼都是泪水，盛在玻璃一样透亮的眼睛里，睫毛一眨就要掉下来。

康赫不知道从哪里拿出来了那顶在他们中间辗转来辗转去的帽

子，沉沉地叫了一声："汤于彗。"

即使已经隔了这么久，即使在这样像是永别的场合，当康赭认真地叫他的名字的时候，汤于彗的心依旧会再次规律又稳定地加快跳动。

汤于彗拼命地忍住眼泪，没有让它掉下来。他往前走了一步，康赭把帽子扣在了他的头上，又轻轻地叫他："汤汤。"

康赭的声音仿佛耳语一样，很轻，像一阵风一样掠过，然后就再也找不到了。

"还给你了。"说完，康赭拧了拧摩托车的发动机，没有再看汤于彗，骑上公路愈来愈远。

汤于彗的眼泪还是掉了下来，它们肆虐地在脸上流淌，滑过下巴砸在公路上，成为这万千沟壑之间并不格外动人的一部分。他听见康赭的声音从不远的地方传来，混杂很多声响，像是风的脉搏，在经幡的飞扬里永恒地跳动。

汤于彗一边哭一边拉着箱子，直到走进那个他曾经在里面吐得一塌糊涂的洗手间洗了一遍脸才平静下来。

他找到一个藏族的工作人员重复了一遍刚才康赭的话，很轻地问他是什么意思。

藏族小哥带着笑意看他："是来送你的朋友说的吗？这是我们一句很普通的祝福话。"

汤于彗慢慢地问道："是什么意思？"

人的悲欢并不相通，在机场哄杂的登机提示音中，藏族小哥热情又友好地对汤于彗道："他说再见。

"还有祝你幸福、健康。"

2

汤于彗下飞机之后,来接他的依旧是柯宁。

机场熙熙攘攘,在电影里是最容易把人群模糊成河水一样的地方。世界的喧闹很高级,人们穿梭其间,把离别变成一道道无足轻重的航班数字。

汤于彗淹没在人群的潮水里,走了很久才看到柯宁。

柯宁一点都没有变,站在那里还是一幅好看又生机勃勃的画。

只是汤于彗先看到了他的样子,隔了好几秒,才听见了鼎沸的人声,仿佛隧道绵延不绝的回音,重新把他推向现实的世界。

柯宁冲他用力地招了招手,汤于彗还是静止一样立在原地,柯宁就往前跑了几步,一把抱住他,抬起头露出一个很大的笑容:"汤汤,欢迎回来!"

汤于彗被抱得一愣,下意识地揽住了他。

他已经很久没有被体格比自己还小的人拥抱过了,有点不记得这种感觉。

汤于彗神游了一会儿,终于也露出笑容,揉了揉柯宁的头发。

北京的交通不论什么时候都很拥堵,他们在机场门口等了很久才等到柯宁叫的车。然而直到两个人都上车了,兴奋的柯宁还在喋喋不休。

柯宁平时话并不多,汤于彗感觉他今天有点疯,应该是真的想自己了。

汤于彗露出笑容:"是不是我不在,没人帮你干活儿了?以前怎么没觉得你见到我有这么高兴?"

柯宁一噎,继而低下头:"这也算是一部分原因……

"不过……"柯宁再抬起头时,眼圈已经有些红了,"汤汤,你终于回来了,我真的好高兴啊。"

汤于彗一怔,隔了很久重新笑了笑。

他从车窗向外看了一眼,仿佛这才终于明白自己落地了一样,回头对柯宁点了点头:"嗯,我回来了。"

经常有人会说,时间其实是世上消逝得最平等的东西。

汤于彗觉得仿佛过了一生中非常重要的几个月,其实只是他人人生里平平淡淡的一段日子。

刚进校的新生甚至还没有通过这段日子顺利追到喜欢的同班同学;教学日历仍然标记在今年的春季学期内;柯宁参与的项目也只推进了一点进度;学校里有的树叶还没绿成夏天的馥郁,仍然是脆生生的……

不同于大自然,一个人的"雪崩"是微小的。

太普通,也太短暂了。

回校以后,汤于彗的生活迅速地忙了起来。他消掉了休学状态,办好了上一个项目的交接手续,和老师交流未来的实验安排,开始准备考博,写新的立项计划和论文。

没过多久柯宁就发现了,汤于彗回来基本和没回来没什么区别,因为他忙得脚不沾地,自己几乎见不到他。

不过这倒是恢复了从前习以为常的生活,这才是他们平时彼此熟悉的样子。汤于彗从很久之前就是这样,是天才,也十分努力。

但柯宁感觉,还是有什么不一样了。

汤于彗本来就像一个只能堪堪接收到外界信号的蓝牙,只是现在这样的联系更加冷清了,仿佛有人把他从这个世界移得又远了一点。

柯宁想起,汤于彗刚到康定没多久的时候,曾经在电话中很小心地跟自己说可能遇到了很特别的朋友,但后来他就再也没有提过了,不知道这个人最后和汤汤怎么样了。

他想起自己去接汤于彗那天,他就站在不远的地方,但是汤于彗好像就是看不到一样,拎着行李箱一个人在所有人后面,慢吞吞地走了很久。

身边的人不断超过他,他却一点反应都没有,就像孑然一身、空空荡荡地在巨大的无助里漫游。

机场是一个喧闹而久违的太空舱,汤于彗在离开自己的星球之后,不在乎再被带到任何地方。柯宁每次想到那个画面,心里就会泛起一股不知名的感觉。

回校一个月以来,汤于彗几乎没有任何时间去想关于在康定发生的事情,他把自己塞得很满,每天都疲于奔命地完成他也不知道为什么要完成的事情。

所有从甘孜带回来的小东西他都收在了一个小箱子里,放在了柜子的最里面。帽子被放在抽屉里,而那件黑色的羽绒服叠好后,被他放在了所有衣服的下面。

这样他就看不到,也没有什么机会想起这些。

日子很快回到正轨,但后来汤于彗几乎没有这段日子的记忆。他并没有特别难过,就是想不起来是如何度过这段时间的,就像记忆被抽走了。

暑假汤于彗哪里也没有去，就留在学校跟着导师加入了一个新的项目。

柯宁也是从来不回去的，两个人就又结起伴来，变回众人眼中理所当然的、厉害而忙碌的天才，把一个又一个夏季消磨在校园里。

有一天柯宁和汤于彗在外面吃完饭，天气太热了，两个人都不想回到闷热的寝室，就在外面多走了一会儿，散步到天桥上。

学校已经放假了，游荡在城市里的年轻人明显增多，向来宁静的学校周围也变得喧扰，这一切能很快地让人从一段安静的记忆中脱敏。

汤于彗和柯宁边聊着实验数据边快速地穿过拥挤的人群。突然，汤于彗心里缓慢地一滞，不经意地抬头往远处看了一眼，脚步就这样一顿，毫无预兆地停在了天桥上。

柯宁走了几步，发现汤于彗落在后面，也纳闷地停了下来。

他的视线随着汤于彗看过去，但不知道汤于彗在看什么。柯宁只看见远方有一朵巨大的云，在城市里勉强算是罕见。

远处水泥钢筋的城市森林变成了山峰岩壁，像光带一样的车群淌成河流。

很美，有点像吉卜力电影里的场景。但也并不特别，没有让人为它长久驻足的理由。

柯宁不知道为什么汤于彗要看这么久，他只觉得这朵云很大，很白，轻飘飘的样子，像是走了很远的旅行客，马上就要被风吹向另外一个地方。

汤于彗突然道："你手机借我一下，我的没电了。"

"嗯？"柯宁疑惑地看了他一眼，但也乖乖地把手机拿了出来，"怎么了？"

拿出来之后柯宁才发现自己的电量也仅剩一条危险的红线，他有点不好意思地抬头看了汤于彗一眼。汤于彗抿了抿唇，没说什么，还是很快地把手机接了过来。

他身上陡然弥漫着一种近乎痛苦的焦躁，柯宁感受到了，小心地道："汤汤，你要干什么啊？"

"买机票，"汤于彗没有抬头，后面的声音低得几不可闻，"我要回去。"

电量不断地闪烁，汤于彗的手指有点痉挛地颤抖着，柯宁不知道说什么，看手机屏幕已经跳到了付款界面，手机却突然一下子黑屏没电了。

柯宁无意识地张了张嘴，像做错事一样站在原地。汤于彗抬起头，柯宁一瞬间以为他哭了，后来发现并没有，只是眼眶红得吓人。

汤于彗颤抖地在人来人往的天桥上蹲下来，周围的人都顿了顿脚步，奇怪地看着他们。柯宁也蹲了下来，不知所措地拍他的背，慌乱着道："汤汤……怎么了？你怎么了？你要去哪里啊，我们现在就回去买好吗？"

汤于彗把身体蜷成一团，但是不住地摇头。

柯宁也不知道该怎么办，两个大男生就这样在天桥上蹲了很久，直到汤于彗的身体停止神经质的颤抖，重新站起来。不过汤于彗依旧低着头，声音带着沙哑："我没事了，走吧。"

那天晚上回去之后，柯宁去实验室通宵，但他还是不太放心把汤于彗一个人留在寝室里。

汤于彗很坚定地对他说没事，等柯宁走了以后，他一个人坐在阳台上，对着没有星星的夜空发了一会儿呆。

他把那件羽绒服重新翻了出来，把寝室的空调温度调到最低，然后关了灯，很轻地躺在了床上。

黑色的羽绒服盖在汤于彗的身上，像一张巨大的网。汤于彗对着天花板发了一会儿怔，然后很慢很慢地闭上了眼。

3

晚上八点多，汤于彗刚从生产线上下来，疲惫地长出了一口气，就被他们小组的领导拦下了。

"小汤，你等会儿帮忙去盯一下陈工那边，他好像在画图，但有一批材料要过来，盯的人手不够了。"

"好的。"汤于彗没什么疑虑，答应下来，然后平静地摘下口罩，揉了揉眼睛。

他的脸小，公司发的防护口罩太大了，口罩的边缘几乎抵在眼睑下面，他每次戴久了就会觉得眼睛那里被磨得很疼。

等到运输的材料一批批盯完，外面的夜已经全黑了。

远离大楼的厂房寂静，汤于彗一个人快步穿过停车坪，打算搭夜班车回公司去拿东西。

叮的一声，手机在空无一人的安静中发出突兀的声音。

汤于彗的脚步一顿，不知道为什么，在原地站了一会儿才把手机拿出来。

"明天有时间吗？再见一面？"

汤于彗看了很久，手机被握在掌心，但是他的手指悬空着，离屏幕很远。

他没有回复，握住手机的地方微微出了一点汗，直到屏幕完全黑下来，他在上面看到自己的脸，沉默了一会儿，才重新跨出脚步。

"二十岁以后的人生就好像是按了加速键一样。"

这是汤于彗很早以前不知道在哪里看到的一句标语。

应该是还在北京的时候，在通勤的地铁上，因为他觉得这句话很像广告里的台词。或者是在朋友圈偶然刷到的，因为他既没有微博，也不看别的社交软件，平时很少会读到这么有抒情意义的东西。

汤于彗的瞬间记忆很强，数字让他敏感，这句话又不知道为何很小地拨动了一下他的心弦。所以他记住了这个并没有太大意义的广告词。

没有太大意义是因为并不适配于所有人，汤于彗的人生没有在二十岁时加速，他的加速键按在了那之后的第四年。然后只有年龄在飞速地增加，其他的好像什么也没有留下来。

快四年的时间里，汤于彗买过十七次去康定的机票，去机场十二次，登机三次，有两次走出了康定的机场，一次站在康赭曾经接他的路口看了一会儿远处好像要被山峰截断的天空，一次见到了康赭。

说见到也不对，因为汤于彗只是单方面地站在很远的地方观察了一会儿，康赭根本不知道他来过。

那时距汤于彗离开已经过了一年多，那一天他很早就飞到了康定的高原机场，但他没有自己是怎么来的记忆，等他反应过来的时候，他就已经坐在了一辆藏族大哥的货车上。

大哥普通话说得不好，但能听懂。汤于彗下车的时候问他多少钱，藏族大哥笑了笑，伸出手指比了一个"三"。

汤于彗付了钱后，才发现自己除了手机和钱包之外什么都没有带。机票的存根被他胡乱地塞在裤兜里，他毫无印象自己是怎么顺利登机的。

车子到底是比摩托车快很多，也不会颠得他想吐。

汤于彗觉得这次在路上的时间很短，短得让他害怕。

站在客栈外面的公路边上，汤于彗才发现客栈已经完全不一样了，外墙已经不再是旧旧的砖石的样子，房顶也不再是原来暗沉沉的灰色，而是和天空辉映的白。

院子里已经没有了马厩和羊圈，但是汤于彗像是劫后余生一般发现，那一座葡萄架还没有拆。有一辆摩托车正停在它的下面。

汤于彗没想过能够遇到康赭，也不想真的遇到他。

他悄悄地躲在公路旁边的大树旁，隔着很远看着客栈的大门。

离开甘孜以后，汤于彗的记忆经常会出现问题，虽然没有影响到日常生活，但他常常会记不得某一段时间里自己在想些什么。

就像那一段时间被一种力量平移过去了，再回想那段记忆，脑海里就是一片无知无觉的空白。

也不是特别严重的事，只是让汤于彗不适应了一阵子。

直到后来，汤于彗才反应过来那是身体建立的一种防御机制，大脑尽其所能让他忘记。

是在保护他。

那天也是一样,汤于彗这种短暂的精神恍惚又发作了,他浑浑噩噩地看着那个大门敞开的路口,心里一片宁静。

而康赭出现的一瞬间,汤于彗清晰地感觉到,那一片空白很轻地动了一下。

就是这一点点微小的震动,让那场雪崩变大了。

康赭没怎么变,他好像更高了一点,头发短了,推着摩托车走出来,黑色的风衣裹在身上,看起来有一点冷。

汤于彗看他跨上车子,弓着背,俯得有些低,并不是记忆中熟悉的样子。很快地,他就消失在了视线里。

那个方向却是汤于彗熟悉的,是学校那边。

汤于彗也不知道自己在想什么,他没有选择坐任何交通工具,就像他来到康定的第一天一样,一个人在国道上走了很久很久,直到太阳开始西斜,才走到学校门口。

学校也变了,重新修过了,汤于彗缓慢跳动的心脏有了一点点雀跃。

看来那些教育慈善机构是做了一些事的。

学校甚至有了操场,有一个很高的旗杆伫立在正中间。红旗飘扬在蓝天之下,风因此而具象为一面帆,夕阳给它镶了一道金色的边。

康赭靠在摩托车旁边等人。他等了很久,后来有一个很高的男孩从教室里走出来,把红旗从旗杆上降下来后,看到康赭,就匆忙地跑了过去。

康赭应该是在等他，和男孩说了几句话后，康赭把一个小包递给对方，又随意地摸了摸他的头，然后骑上摩托车离开了。

　　直到所有学生全部走完，夕阳沉没在山峰的背后，万籁俱寂。四下夜幕低垂，繁星如钻石一样挂在天空上，汤于彗才动了动，找了一个客栈住了一夜，给手机充上电，第二天就买了飞回北京的机票。

　　从此之后，他就再也没有见到过康赭了。

　　三年多的时间里，汤于彗选择了短期高效的硕博连读，拿到了A大有史以来就读年份最短暂的博士学位，学会了藏语，参加了汤蕤的葬礼，拒绝了所有科研机构和高校抛来的橄榄枝，成了一名非常普通的工程师。

　　汤蕤去世的那天，于正则并没有守夜，汤于彗一个人在灵堂里跪到最后。

　　汤于彗觉得汤蕤很可怜，但也真的很美。

　　她的离开让人觉得是一种美在陨落，但这结局依然是让人惋惜的。

　　汤于彗不怎么痛苦，但确实感到悲伤。他把手机从包里拿出来，点开了微信，找到了那个已经沉在最下面的羊屁股，点击后跳到了聊天界面。

　　他看着很久之前的对话，犹豫了一会儿。

　　那是在半年前，汤于彗在结项后的聚餐上被师兄、师姐灌了几杯酒，后来柯宁把他扛回宿舍。他不知道为什么，一直在流眼泪，但是没有发出声音。

　　柯宁回寝室后吓了一跳，因为他并没有发现后背被浸湿了。柯宁想了一会儿，把手机递到他手上，然后离开了宿舍。

酒精是打破人防线的东西，汤于彗点开那个头像拨了电话过去，但很快又挂了。

按下挂断键以后，不知道为什么，汤于彗就不想哭了。

他想到微信的铃声和那一片旷野的寂静是多么不匹配啊。

也许在康定那一片堆星的夜空下，曾经突兀地响起一次仿佛求救一样的轻促信号。而汤于彗觉得那声短促让人有一点伤心。然后他就对着天花板笑了笑，突然觉得很累，闭上眼，就这样睡着了。

第二天起来的时候，他才看到康赭隔了两个多小时给他发的消息。康赭没有多说，只是问他有事吗。

汤于彗宿醉头疼，慢吞吞地爬起来，回复了两个字：没事。

这就是对话框里最后一条信息了。

汤于彗没想再给康赭打电话，只是盯着那个头像看了一会儿。

康赭的朋友圈一片空白，昵称和头像也从来没换过。

汤于彗有时候甚至会想，这个号说不定早就已经没人在用了。

他轻轻地点了一下那个头像，就像悄悄地摸了一下"小王子"的羊屁股。

汤于彗想到它洁白柔软的羊毛触感，没有忍住，在灵堂里很突兀地笑了一下。

虽然意识到这样并不太好，但汤于彗像做坏事一样，没忍住又点了好几下。这次点得有点快，手指的频率之间几乎没有留下空隙——

kyh拍了拍"康巴小王子"。

汤于彗吓得一愣，不知道这是怎么回事。在一阵惊愕之中手机掉在了地上,他蒙蒙地捡起来,也不知道怎么撤回,顿时间一阵慌乱。

这次康赫回得很快,微信电话很快就打了过来。

灵堂同样是一个和轻促的声音不匹配的地方。铃声让汤于彗恍惚了一下,仿佛是一个被困深海很久的人茫然地接收到了回应求救的电波。

汤于彗手忙脚乱地接了,就听见康赫的声音隔着一层不真实的恍惚,沉沉地传来:"怎么了?"

忽然,那一点痛终于缓慢地爬完了汤于彗麻木的神经,永远地失去汤蕤的事实仿佛这个时候才终于缓慢地被他理解了一样。

汤于彗愣愣地盯着灵堂中间那张美丽的脸。那已经是一张巨大的照片,在它下面躺着的人已经不再拥有生命了。

汤于彗轻轻地道:"阿赫,我没有妈妈了。"

康赫那边沉默了一会儿,汤于彗觉得这阵沉默让他紧张又难堪。因为他的本意并不是这样,也许在康赫看来这个电话打得莫名其妙,于是汤于彗连忙道:"我这边还有事,就不打扰你了,先挂了。"

汤于彗听到一个短促的气音,像是康赫刚刚要开口,但是他不敢听,很匆忙地把电话挂断了。

康赫没有再打过来,汤于彗怀着不知道是什么样的心情等了一会儿,然后把手机放在胸前的口袋里,很安静地又跪了一会儿。

过了十多分钟,汤于彗收到了一个视频。

康赫应该是把手机固定在了摩托车的某个位置上,然后让摄像头正对着夜空。

汤于彗看着视频,在轰隆隆的引擎声中,如噪点一样的星光像河水一样倒退。

他点开视频下面的语音，轻轻地把它贴在耳朵旁边。康赭的留白很长，仿佛有一种思考了很久的错觉。

他说："汤于彗，不要难过，这世上还会有很多别的东西陪着你。"

汤蕤去世半年以后，汤于彗进入了博士的毕业季。他的论文很早就写完了，就等最后回来答辩。

反正留在学校也无事可做，汤于彗就提前到了工作的企业实习。

在成都。

汤于彗每次只要细想这件事，就觉得自己挺没意思的。他真的没有偏执到这个地步，他并没有想过能像电影里的情节一样在这么大的城市里继续几年前的重逢。

汤于彗很早就觉得，自己不必再活在那段时光里了。

可是为什么要放弃那么多东西来到这样一个陌生的城市，他也找不到说服自己的理由。

来成都两个月了，汤于彗也渐渐适应了，他开始喜欢这个城市，偶尔还会拍照发给已经在读博士后的柯宁。

有一次路过成都国际金融中心，汤于彗觉得趴在上面的那个熊猫真的很可爱，那么大一只，把自己的头埋在大厦的顶端，不知道在看什么。

柯宁也这样觉得，于是汤于彗就把自己拍的熊猫屁股图片换成了头像。

汤于彗觉得自己过得很好，真的没什么不好的。

他从来没有缺过钱，工作对他来说又很简单，虽然有点累，但是总休上很自由，也不用常和人打交道。他年纪小，最小的同事也大他好几岁，因此都很照顾他。

不像柯宁和自己的导师，汤于彗并没有怀着奉献一生的心去学习物理，只是碰巧还算擅长。学了这么多年的东西要说再见虽然可惜，但也并不遗憾。

再次见到康赫的时候，汤于彗怎么想都觉得那一天实在像一个荒诞剧的片段，从地点到人物，每一幕都充满了戏剧感。

那天汤于彗难得准时下班回家，正赶上晚高峰期，在地铁上被挤得差点喘不过气，又热又渴，下车后就立马去便利店，想买一瓶矿泉水。

推开门之后，汤于彗短暂地抬头，然后就一动不动地站在门口，怔怔地盯着柜台。

便利店"欢迎光临"的提示声在清清冷冷的白炽灯光下响起，但汤于彗觉得它像是从很远的地方传过来。他的脚步顿在那里，并不敢光临那一个梦中的世界。

康赫捏着刚结完账的烟盒，转过身的时候也愣了一下，脚步突兀地顿住了。

汤于彗不想灵魂出窍一样傻站在门口，但是他的大脑不听指示，没有办法移动脚步，也没有办法说出一句话。

"我……"

康赫很快朝他走过来，然后停在他的面前，把烟揣在兜里，沉默地打量了他一会儿。

汤于彗觉得他更高了，更成熟了，也更冷了。他的眼神依旧是淡漠的,但是嘴角仿佛为了打破尴尬和宁静,也终于学会温柔地勾了一下。

那个曾经让汤于彗觉得改变了信号频率的声音依旧带着漫不经心的沙哑,经年后更加暗淡,却无比清晰地跨越时光传了过来——

康赭说:"真的是你啊。"

4

夕阳的余晖下,便利店像是被封存在了岁月的缝隙中,静止的画面周围好像有细簌的流沙声,淌过一条条时间的暗河。

这重逢因为太过仓促竟然显得有些荒诞,实在太像一场梦了。

"汤老师?"

一声清脆打破了汤于彗的怔然,他转过头去,看见一个有点眼熟的藏族男孩正眼睛发亮地看着他。

汤于彗愣愣地看着眼前这个比他还高一点的少年,过了好久才茫然地道:"小加?"

藏族男孩甜甜地一笑:"你还记得我啊,汤老师!"

汤于彗又仔细地看了一会儿,才恍惚地摸了摸他的头,露出有点怀念的笑容:"你都长这么高了啊……"

四年前那个在破旧的小学里因为最后一节课被点名上讲台,难为情地转过头去,却额外地被多给了一支粉笔的男孩,已经像一根竹子一样拔节生长成高大的少年。现在他站在繁华熙攘的城市路口,和在万里长云的高原小学贴着墙背书的样子也没什么区别,仿佛洁白的鸽子立于高楼的穹顶,马上就要飞往自由的天空,已经什么都不畏惧，也什么都不动摇。

汤于彗弯了弯眼睛："你怎么会在这里？"

小加露出笑容，有点不好意思道："我到成都来读高中了，学费全免。今天放假，阿赫哥哥特意来看我。"

汤于彗一顿，终于缓缓地回头，很慢地向康赫看过去，却发现他不知道什么时候已经站到了自己的背后。

"哦……"汤于彗慢吞吞地道，"这样啊……"

小加见到他十分高兴，笑起来仿佛仍有从前那个腼腆小男孩的影子："汤老师，你怎么会在这里啊？"

汤于彗下意识地看了一眼康赫，却发现康赫从头到尾都在看着他，没有移开过视线。

汤于彗瞬间就对自己充满了厌弃，他低声道："我现在……暂时……在这边工作。"

"啊……"小加睁大了眼睛，"汤老师，那你以后要留在四川吗？那你家里那边怎么办？"

汤于彗被问得一怔，刚要回答，一直站在旁边的康赫却终于开口了——

他的眼神不变，声音却沉沉的，对着汤于彗说道："你吃饭了吗？"

汤于彗一愣，康赫却往前走了一步，他下意识地退后了一点。而下一秒，那种包裹在他周围的沉重压迫感却消失了。

康赫漫不经心地翘了翘嘴角，无所谓地笑了笑，仿佛心情很好一样对汤于彗说道："要一起吗？"

小加也在旁边热情地道："是啊，汤老师！一起嘛！我们也还没有吃饭。"

汤于彗抬起头，重逢后第一次对上了康赫的目光。

他很轻地笑了一下："我吃过了，你们去吧。"

虽然小加已经长大了不少，但毕竟还是个孩子，听到之后瞬间露出失望的表情："再吃一顿嘛，汤老师！真的没想到这么巧能碰到你，好难得啊！"

汤于彗笑着道："我也很惊喜，但我真的吃过了。你在哪里读书？下次老师来看你。"

"真的?!"小加立马高兴地道，"我在十三中，高一（7）班。"

汤于彗点了点头，做出承诺，小加却还是不太甘心的样子，仍然想拉着汤于彗一起走。

康赫看了汤于彗一眼，拍了一下小加的肩膀，淡淡地道："他吃过了就算了，我们走吧。"

小加这才依依不舍地放开汤于彗。

看着康赫和小加转身离开的背影，汤于彗深吸一口气，动了动有些僵硬的身躯，也打算离开。

然而前面的脚步声却突然一顿，康赫转过头来，站在被夕阳染得血红的街角对汤于彗笑了笑道："你不是要去便利店吗？"

汤于彗一愣，顿时滞在原地。康赫站在离他几步远的地方，眼神里有戏谑，有残酷，也有一些更深更沉的东西，像是隔着四年时间的灰烬，也隔着千山万水看向他。

康赫周围的光又迅速地暗淡了，四周的空气似乎变成了紊乱复杂的固体，一点一点地压迫、击溃汤于彗。

汤于彗觉得自己的眼眶酸酸的，但是并没有流下泪来。

不知道多久之后，康赭才露出一个笑容，隔着一层冰山的雾气，模模糊糊的，熟悉又疏远——

"你真的回来了啊。"

和康赭所有不变的习惯一样，这依然不是个问句，只是康赭这次的笑容比话语更快地消失了。

汤于彗一动不动地看着康赭和小加的身影消失在路口，静静地站了一会儿，才缓慢地迈开步伐离开了。

康赭发来的消息汤于彗并没有回，第二天他照常去上班了，手机也没有再响起过。

恍然想来，那场重逢确实就像短暂的梦境，要不是消息真实地留在了手机上，汤于彗找不出一点证明康赭曾经走近他的痕迹。

算了，应该已经回去了吧。汤于彗想。

倘若生活没有意外，时间总是过得很快的，对于汤于彗来说尤其如此。

过了几周之后，忙了一天的汤于彗在下班时突然被小组领导叫住——

"小汤，你打算什么时候走啊？"

汤于彗一怔，想了想，说道："下周吧。我得回学校办一些手续，还要参加答辩。"

领导友好地拍了拍他的肩膀："没事，不着急，等你顺利毕业了再回来上班就行。"

汤于彗笑了笑道："好的，给您添麻烦了。"

领导欣慰地看着他。汤于彗是这几年里公司招到的条件最好的新人。以汤于彗的学历和科研成就，随便去哪个大厂或者研究院都能拿到极其优厚的待遇和福利。但拥有这么大光环的人，最后却来了他们这样一个有些平凡的小分公司。其实这一直是同事和领导有些难以理解的事。

而且汤于彗工作能力过硬，人还细心踏实。实习生要做的事情很多，拿的工资又少，汤于彗几乎是被当作廉价劳动力，但总是毫无怨言地加班，完全不在乎有没有自己的生活。

本来已经完全适应了在成都的日子，都快忘记自己还要回学校一段时间的汤于彗，下班时在地铁上想了一会儿这件事。

其实他还没有正式和公司签合同，如果现在反悔，对他来说也不是一件很困难的事。汤于彗想得入神，头在地铁的扶手上磕了一下，这才恍然惊醒一样，有些疲惫地闭了闭眼。

今天汤于彗打算再去一趟便利店，领导的话提醒了他一些被忘记的现实，汤于彗没有了做饭的心情，只想随便买点能加热的东西回去凑合一下。

而生活有的时候就像一场具象的荒诞剧，时间经历了一系列戏剧的巧合，又在不经意间跌宕地重合了——

汤于彗低头慢吞吞地往便利店门口走去，突然被一只手拦了下来。

康赭的嘴里叼着一支烟，拦下汤于彗后，他用另一只手把烟拿了下来。

他看上去和几周前没有区别，和四年前也没有区别。

汤于彗安静地想，他永远不会改变。

在仿佛跨过了经年的苍白中，康赭如常地淡淡笑了笑，看着汤于彗的眼睛，平静地道："能和你说几句话吗？"

5

"你怎么在这里？"短暂的愣怔过后，汤于彗才反应过来。

康赭拦住他的手还是没有放下来，有些敷衍地道："路过。"

汤于彗虽然不信，但也没再继续这个话题："你现在都在成都了吗？什么时候离开的？"

康赭摇了摇头："没有，只是每周来一趟。"

这么碰巧？

汤于彗疑惑地道："你怎么会在这里？你知道我住这边吗？"

康赭眯起眼，翘了翘嘴角："你住在这边吗？"

汤于彗顿了几秒，放弃似的回到原来的问题："那你怎么会在这儿？"

康赭笑了笑道："真的是碰巧。你看到街尽头的那家店了吗？"

汤于彗顺着视线一看，看到一座独栋的小别墅，现在是一家机车俱乐部。

"是我朋友的店，"康赭道，"他们最近在办比赛，所以每周我会过来帮忙。"

汤于彗每天路过，几乎没有看到那栋小别墅里面有人出来，没想到康赭就在那里。

离自己那么近的地方。

汤于彗垂着头道："你想跟我说什么？"

康赭道："现在知道你住在这附近了，请我上去坐坐吧。"

汤于彗犹豫不定地站在原地，康赭又对他笑了笑："不请也没关系，其实就一个问题，我问完就走，不会占用你太长时间。"

本来还在想拒绝言辞的汤于彗一听，顿时滞了一下。他深吸了一口气道："不，没关系。走吧，你不嫌弃的话就上去坐坐。"

汤于彗在成都待的时间不长，但租了一个地段很好的公寓，就在城市中央，楼房又新又高，像一座崭新的碑塔。不过汤于彗选的楼层很高，在顶楼，每次坐电梯都要坐将近十分钟，这倒是挺少见的。

今天的天气很好，空气清新，白云如簇地挂在天空上，成为一团一团的岛。坐电梯升上去的时候，好像要从钢筋的森林去往云层间的城堡。

每一层只有一家住户，康赭进了门后，不着痕迹地四处打量了一下。

这是一间条件很好的高级公寓，装潢整洁而精致，但似乎没住太久，不像那个堆满了的小小客栈，房间里也没有太多汤于彗个人的痕迹。

房子里的东西不多，但收拾得很整齐，客厅又宽又亮，连地板都反射着明净的高级感。

是适合汤于彗出现的场所。

在康赭的印象里，汤于彗好像就应该住在这样的地方。像四年之前，穿着不合时宜的灰色外套站在荒芜晴朗的高原上，才是一个格格不入的意外。

客厅巨大的落地窗前，窗帘紧紧地拉着，被太阳烤成黄昏的颜色，投射下来一片夕阳的影子，让房子显得有些昏暗。

汤于彗脱下外套，对康赭道："你坐吧。我去给你倒杯水。"

他从鞋柜里帮康赭拿出新的拖鞋，又把空调打开了，还拿了两个靠枕放在沙发上。

汤于彗去厨房里倒水，康赭换了鞋在沙发上坐下了，看汤于彗找杯子、开冰箱，忙进忙出，打断他道："你不用忙了，我很快就走了。你先坐下来，我们聊聊吧。"

然而汤于彗置若罔闻，仍是在厨房折腾了许久，最后端了两杯果汁和一小盘水果出来。

杯子有些沉，放在茶几上的时候溢出一点红色的液体，映在白色的羊绒地毯上，像一摊不怎么好看的血。

汤于彗低着头道："我去拿毛巾。"

"没事。"康赭再次打断他，把杯子随意地放在一边，"你别管了，先坐下……"

玻璃杯被放在茶几上，发出一声清脆的声响。汤于彗猛地别过头，康赭怔了一下，继而也不再说话，沉默地等汤于彗开口。

过了一会儿，汤于彗才压住情绪，小声说道："我知道你要问什么……"

康赭的手滞在空中，又垂下来，沉默地看着汤于彗。

汤于彗深吸了一口气，抬起头，勉强镇定了下来："……其实我现在工作真的挺忙的，我也真的没想那么多。上次也不是故意不回，是真的没有时间。"

说完，他仿佛像被逼得走投无路的人，有点难过地看着康赭。

康赭一言不发，突然和他眼神相对，沉沉地叫他："汤于彗。"

汤于彗别过脸去，不再说话了。康赭却走近了，低着声音对他道:"这是你最后的选择吗?"

汤于彗安静地坐在原地,过了一会儿抬起头来,露出一个笑容:"不是。"

康赭静静地看着他,过了一会儿突然站起来,径直往落地窗那边走去。

汤于彗慌张地追了过去,脚步一磕,差点摔倒在地上。

他看着康赭立在窗户旁边,感觉到前所未有的紧张:"阿赭!"

康赭一把拉开窗帘,外面的暮色照射进来,铺洒在地板上,像是透进暗室里的光线。

那是一片让人无所遁形的金色余晖——

城市高楼林立,而室内窗明几净,阳光洁白,一座雪山就在尽头。

康赭安静地站在落地窗前,他看起来真的如同神祇一样,笼罩在光影里。

一点也没有变。

数百千米外的贡嘎雪山静静地待在它该在的、属于它的远方。

汤于彗这个莫名其妙的旅客不远千里来到一个陌生的城市,做不爱的工作,过孤单的日子,连房子都要租在最顶层。他的确什么都不在乎,可他也不想被这样戳穿,被这样残忍地揭示其实他从来都没有离开过那个地方。

这让他觉得自己实在很悲哀,很无聊,也很可怜。

追到一个最近的城市,住在每天都能看见回忆的处所,把信仰高高地悬挂在灵魂之侧,甚至连身体也仿佛找到归处一样,不可抗拒又顺从地安栖在这里。

汤于彗虽然做了很多很多,但他其实觉得没有什么。

他真的很想再看到那座雪山。

6

康赫重新把窗帘拉了起来,汤于彗坐在沙发上,过了很久才平静下来。

康赫坐在他对面,沉默了一会儿道:"你打算怎么办?"

汤于彗的手绞在一起,垂着头道:"没打算怎么办。"

康赫的视线一直落在汤于彗的身上,汤于彗觉得有点受不了,顶着压力说道:"我下周就回学校了,真的没想怎么样。"

康赫的声音忽然一沉:"回学校?"

汤于彗点了点头,违心地撒了一个谎:"嗯,下周就走了,我本来也只是在这边实习。"

沉默了几秒后,康赫垂下眼皮道:"回北京吗?"

"嗯,我先回去毕业,"汤于彗想了想,"然后考虑留校工作吧。"

汤于彗说完努力地笑了笑。康赫安静了很长时间,继而说道:"嗯。这对你来说的确是最好的选择。"

过了这么多年,他依旧是冷静的、清醒的,甚至伤人而不自知,沉默地旁观着雪崩和洪流。

康赫缓缓对汤于彗道:"回去了也好,你没必要来这里。"

汤于彗的心重重地一跳,一瞬间竟然觉得也不太痛,只有一种麻木的苦涩沿着神经逐渐蔓延到全身。他以为自己已经刀枪不入了，但是其实无论过多久，这样的伤害依旧能够突破他的所有防线，精准地让他难过。

汤于彗垂着头，自己也觉得康赭说得有道理，轻轻道："嗯，我知道。"

康赭垂在身侧的手难以察觉地一滞，他道："我不是那个意思。"

汤于彗点了点头，深吸一口气站了起来："没关系，我明白。如果没什么事你就先走吧，我累了，想休息了。"

康赭一顿，继而很快站起来，绕过沙发一侧往外走。他的脚步很快，脸上是一片漠然，而垂在一侧的手却紧紧地扣着。

汤于彗一愣，而康赭已经走到了玄关门口。

他突然转过身对汤于彗笑了笑："你送我去车站吧，我回去了。"

汤于彗站在一个很远的位置，甚至并没有靠近门。他垂着头道："为什么我要送你？"

康赭翘起嘴角笑了笑，那颗小小的虎牙又露了出来，他对汤于彗道："确定不送吗？这大概就是永别了，你要站在家门口和我说再见？"

汤于彗沉默地看着自己铺在地板上的影子，它被光打得细长又丑陋。他厌倦了连影子都朝着门口的方向，但他最终还是点了头，走到玄关处换了鞋，和康赭一起下了楼。

走到公寓楼下，康赭又问道："你吃饭了吗？要吃点东西吗？"

汤于彗摇了摇头："先送你去车站吧，我回来再吃。"

康赭没说话，看了他一眼，最后点了点头，说："走吧。"

坐在出租车上，汤于彗隔着玻璃看窗外模糊的景色。

已经透出绿意的树冠层层地堆积在头上，光被筛成金色的线缕明暗不均地包围，又掠过汤于彗。窗外的建筑一闪而逝，人群被模糊成影子，看不清面孔，只能一一安静地被路过。

这种观景感受隐隐地刺痛了汤于彗，他觉得自己好像毫无长进，隔了这么多年，他在这种美丽、模糊、让人隐痛的空气中，想的依旧是当年那一句：到底应该怎么样学会告别。

康赫从康定往来成都太多次，其实已经熟悉到不需要任何人陪他做什么。汤于彗立在客车站里，神色恍惚，眉目伤心，远远比康赫更像一个要走的人。

他一句话也没有说，就这样把康赫送到了进站口。他觉得自己真的是病得不轻，竟然要一次又一次强迫自己经历这样的场合。

买了票就能等候发车了，没留给他们什么告别的时间，康赫站在进站口前，对汤于彗挥了挥手。他竟然还是笑了，要和曾经遇见的人告别："再见。"

汤于彗的手紧紧地扣在身侧，他做不到挥手，只能努力地笑了笑："再见，阿赫。"

康赫点了点头，转身进了站。

汽车站没有起飞落地，但是汤于彗仍然听到了一阵轰鸣声，那声音贯穿了他的神经，从心脏开始隐隐抽痛。

汤于彗在原地站了一会儿，感受到一种麻木的痛苦，他缓缓地蜷缩着蹲下来，把头埋在了臂弯里。

直到有保安过来关切地问汤于彗需不需要帮忙，汤于彗才猛地抬起头，转身就往售票处跑去。

"你好，我要买下一班去康定的车票。"

售票员吓了一跳，看了一眼汤于彗，有点为难地道："今天已经没有了，最早的就是明天早上的。"

汤于彗扣在窗台前的手不住地颤抖着："麻烦了……求你……明天早上，我一定不会再去了。"

售票员为难地看着他。汤于彗深吸了两口气，站在原地静了一会儿，然后抬起头歉意地笑了笑："对不起，没事了……"

突然，一只手从后面握住了汤于彗仍在颤抖的手腕。

康赫沉沉的声音从后面传来："为什么不会再去？"

汤于彗浑身猛烈地一颤，他难以置信地回头，而康赫就站在他的身后。

康赫一言不发地看着汤于彗。

他又变成山了，目光又静又沉，像云在峰顶聚散无期，如河流在山脚宁谧包围。他有汤于彗看得懂的骄傲，也有汤于彗看不懂的漠然，但与从前唯一不同的是他眼里的面孔第一次被点亮了。

第八章　冰山的纹理

1

汤于彗被康赫抓着,脑袋放空地站在原地,心里的波涛起起伏伏,一层一层地卷走那些褪色的记忆,又一潮接着一潮地漫过了他。

而在这涌动的涡流深处,曾经那些咸的、苦涩的情绪,待水位下降,浪潮退去后,就得到了安抚。

汤于彗安全地站在骇浪的心潮中央,平静地听着胸腔共鸣出巨大的回声。

他知道自己看上去很傻,只不过是去了一次的地方,却想一生都留在那里。这的确很傻,就像患了一种难以痊愈的疾病,越靠近就越觉得远,无论怎么样都忘不掉曾经的日月。

那些美好的救赎、遥远的梦想,变成了万里的追求和奔赴。那些被时间横亘着永远无法跨过去的平淡距离,都变成自己生命中的雪。

汤于彗知道自己从来没有说过"我想要回来"这样的话,但康赫明白,他一直都明白。他什么都明白。

汤于彗又想流泪了,但又觉得真的很丢人。他总是哭,好像全世界就只有他一个人在面对选择时这么软弱,连选择的样子都不够好看。但是康赫跟他说"别哭"。汤于彗毫无办法,只能闭上眼睛,让眼泪从缝隙中滑下来。

客车站虽然人不多，但也有不少人停下来看着他们。

康赭从不在乎别人的视线，但是他不想让汤于彗被这样看着，特别还是在他哭的时候。因此他稍稍侧了身，挡住了别人的视线，又用外套盖住了汤于彗的脸，很小心地拍着汤于彗的后背，就像在安慰一只小兽一样。

过了一会儿，汤于彗红着眼睛抬起头。康赭觉得有意思，露出了笑意："你都回来过三次了，这一次怎么怕成这样？"

汤于彗蓦地抬起头来，声音闷闷的，哪怕是质问也带着鼻音："你怎么知道？"

康赭拍着他后背的手轻轻一顿，沉默了一会儿后他没有回答，而是忽然道："你有没有觉得'三'在平常人的观念里是一个很有意义的数字，像某种限制？"

汤于彗没太听懂，茫然道："为什么？"

"因为一次两次好像还在一个很好接受的范围内，"康赭道，"但是三次就不同，三次意味着过分了，超出了某种限制。"

汤于彗点了点头，大概明白了康赭想说什么，但是不知道他为什么在这个时候提起来。

康赭低下头，沉默地看着汤于彗，过了很久才道："我知道你离开以后，仍然回来了三次，而这像我心里的一条线，意味着你也救了我三次。"

汤于彗猛地抬起头来，不动了，只愣愣地看着康赭。

等候厅里人来人往，声音杂乱，而康赭站在这里，仿佛稀释了人潮和空气密度，让汤于彗觉得周围是云、冰川、雪山，而他站在世界的中央。

"我跟你说过,"康赭轻声道,"我是一个什么也没有的人,也什么都不太想要。

"但我也带你爬过那一座山。我一直觉得我不能离开那里,因为那是我应该承担的责任。我有我应该在的地方。"

康赭专注地看着汤于彗,眼睛里像是有雾气——那是蓝色的冰川由于过度高温,融化成人类眼中的水汽。

他轻轻地对着汤于彗道:"可你救了我,三次,我觉得足以被原谅了。"

汤于彗垂在一旁的手猛地一紧。

"不能原谅也没关系,我不在乎了。"康赭看着他笑了笑,低下头道,"对不起,让你跑了这么多次。"

汤于彗不知道说什么,他的大脑像是一瞬间停止了运转。他的心跳得涨满了整个胸腔,他被康赭突然的坦白弄得结结巴巴,只能道:"没……没关系,不多。"

"不,"康赭笑了笑,"真的很多了。

"所以你如果喜欢这里,就留下来吧。"

康赭说自己在成都无处可去,硬是跟着汤于彗又回到了公寓。

天已经全黑了,落地窗外的雪山已经化作沉默的黑影,在数百千米外的月色下静静地矗立,温柔地看着所有把它当作港湾的人。

汤于彗在厨房给康赭倒水,他绷着一根神经,从头到脚都麻麻的。

虽然他和几个小时前一样紧张，但这次是因为不同的理由。

"你能不能不要站在这里？"汤于彗回过身，有点头疼地道。

康赭抱着手臂靠在冰箱前面，闻言恹恹地抬头看了一眼："为什么？站在哪里也要汤老师批准？"

汤于彗呆呆地站着，说不出话来。

果然无论是诚实还是不诚实的康赭都很难对付。对汤于彗来说，根本没有什么真正能够应对他的方法，他却好像还是很擅长让自己的情绪起伏，这实在太不公平。

汤于彗只能硬着头皮倒水，突然想到什么，手一顿，转过身去问道："你刚刚在车站，为什么说是三次？有这么多吗？"

空气很短暂地凝了一瞬，康赭收起漫不经心的打量，站直后往前走了两步，停在一个离汤于彗不近不远的距离。他的嘴角很轻巧地一弯："你确定想知道吗？"

汤于彗被问，茫然地点了点头。

康赭又往前走了一步，不再那样笑了。他的神情严肃起来，声音仿佛也是沉的，落在汤于彗的鼓膜上："我知道你来成都了，这是一次，对吗？"

汤于彗细细地"嗯"了一声，康赭就又往前走近了一步："就在一个小时之前，你想买票，想要留下来。这也是一次，对吗？"

汤于彗很轻地点了点头，康赭却没有再往前逼近了，他能够清楚地看到汤于彗紧张的脸，以及那抿着的一条唇线。

康赭发现汤于彗还是低着头，到现在仍然不敢直视自己太久，营造的攻击力突然就违背了他的初衷，蓦地一散，很轻地就不见了。

239

康赭放弃了咄咄逼人的语气，对汤于彗道："但其实你不用这样，再次在成都见到你的时候，我就预感到了我会告诉你，希望你能留下来。"

"我根本没有进候车室里，一直就站在离你不远的地方。你蹲下来之后，我以为你不舒服，很快就过来了。"康赭似笑非笑地靠近汤于彗，眼睛里又重新聚起氤氲的雾气，"但你跑得也太快了吧。"

汤于彗暗暗强定心神，逼迫自己不要抬头，拿出问清楚的勇气。他抓着康赭的外套，难得执着地问道："那还有一次呢？"

因为离得近，所以汤于彗能感觉到康赭很轻地顿了一下。

他没有再用玩笑的语气，而是安静地思考了一会儿。

汤于彗很耐心地等着。他仿佛能感觉到康赭在尝试着走近他，甚至是在考虑为了他妥协，袒露他骄傲、不在乎但也不想给人看的一部分，所以汤于彗一点也不想错过。

康赭好像想了很久，沉默时间格外长。等了好一会儿，汤于彗终于等不住了一样抬起头，和康赭对视。

康赭凝视着汤于彗："我知道，第一次，是你来我家找过我了。"

汤于彗不敢置信地看着他。康赭和他对视，平静地隔着山水和光阴，然后淡淡地道："就在两年之前。"

康赭笑了笑，第一次越过了汤于彗的视线看向远方："但你真的不够聪明啊，也不太会藏，我一眼就看到你了。"

2

会跟过来吗？有没有必要见他？

康赭靠在学校外面的围墙上，点了一支烟，但并没有抽，而是垂在一侧，默默地看着烟灰掉到地上。

怎么过了一年多好像还是没什么长进的样子，看上去真的没有那么聪明啊。康赭把掉在地上的烟灰用鞋蹍开了，白色的灰和土混在一起，变成一摊脏兮兮的粉尘。

康赭看着被脚蹍得乱七八糟的地面，觉得自己的烦躁有点好笑，下意识地提了一下唇角，又无趣地把它抹平了。

康赭比下课时间提前了快两个小时在学校门口等着，但是离下课还剩十分钟才看到汤于彗慢吞吞地拖着脚步走过来——

他走到大概还有两百米的地方就不动了，停滞的过程也很好笑，是往前走了两三步之后，才反应过来一样停在原地，然后又往后退了一些，仿佛灵魂出窍一样往旁边挪了几步，躲到了一棵树的后面。

这下不像小羊了，有点像兔子。

康赭往那边看了一眼，很快移开了视线。他的手指无意识地敲在小臂上，目光无处着落，就只能无聊地盯着操场上的那面国旗。

高原风大，在康赭的印象中，那面旗帜从来就没有静止过，和始终被风吹得鼓鼓飞扬的经幡一样，在一片旷野的空荡中永远热情地张开翅膀。

小加很快就从学校里出来了。今天是放假日，他要把国旗降下来，周一再升上去。

康赭本来没说这周要去接他，所以耐心地等了一会儿，直到国旗完全被降下来，小加惊喜地朝他走过来……

实在是没什么继续待下去的理由了。

康赭看了一眼那棵躲着全世界最不聪明的"动物"的树，把小加的书包挂在车把上，发动摩托车离开了。

"阿赭哥哥，你今天怎么会突然来接我啊？"康赭开得比平时还要快，小加不敢去抱康赭的腰，所以他只能表情扭曲地艰难扶着后座。

康赭没有回答，小加不怎么在意地眨了眨眼，反正就算是顺便，不用搭货车回去，他今天的运气也算很好了。

到了客栈，小加熟练地跳下摩托车，很乖巧地拿了自己的书包，背上后就往客栈里走："阿赭哥哥，叔叔、阿姨今天回来了吗？"

这不算一句废话，但是仍然没有得到回答，小加疑惑地转过头，发现康赭居然坐在摩托车上没有下来，手还搭在车把上。

小加茫然地道："阿赭哥哥？"

康赭垂着的眼皮一抬，仿佛这才听到了他说的话一样："我阿爸、阿妈今天晚上不过来。我给你做了饭菜留在锅里，用热水保着温，如果冷了你就自己热一下。"

康赭重新把头盔戴上，发动了摩托车，隔着头盔和风声，声音模糊得听不清："我出去一趟，有点事。晚上不用等我回来。"

夜晚的冷风像金属一样刮在身上，康赭一边骑着摩托车一边无聊地想：应该不会这么笨吧？我也想太多了。

平时骑到学校的时间被缩短了一半。康赭快到学校门口的时候，隔着很远就停下了摩托车，借着夜色在黑暗中走过去，直到走到汤于彗下午躲藏的那棵树下。

还好，已经走了。

康赭在原地站了一会儿，再次感慨了一下自己没有意义的行为，然后在树下靠着，点燃了一支烟，还没等燃完就扔到地上踩灭了。他重新回到国道上，往摩托车停靠的地方走过去，走了几步突然一顿，往学校门口看了一眼。

夜幕之下，汤于彗独自一人蹲在那破破烂烂的校门口旁边，什么行李也没有，发呆似的仰着头，不知道是不是在看星星。

看到这一幕的瞬间，康赭其实不知道自己在想什么。他真的觉得困惑，也觉得好笑，夜空随处可见，星星到处都是，只有汤于彗会把这些普通得不能再普通的东西当成自己世界的全部。

康赭想无视，甚至发出嘲讽，但是无辜又怜悯的星光不容抗拒地第一次敲开了他的灵魂，有什么细细的东西压着心肺，让他感觉到了痛苦。康赭第一次确切地知道原来除了皮肉，人真的会拥有另外一种形式的疼痛。

康赭想走过去跟汤于彗说"你走吧"，又想问他到底有什么好看的。最后他还是什么也没做，烟燃了一支又一支，但是他一口也没有抽，就让它们毫无意义地燃着。

不知道隔了多久，直到汤于彗终于起身，康赭才跟着离开了。他跟在汤于彗身后走了一会儿，看汤于彗随便进了一家客栈，又等了一会儿，确认汤于彗不会再出来，才离开了客栈。

回去的时候，康赭漫无目的地走在他熟悉的、看过成百上千次的星空之下。

他也思索着世间那些美好的象征意义，抬头看了一会儿，终于觉得有那么一点明白了。

虽然那些星星并没有多么独特，但是被人看着的时候，它们好像会很用力地回望过来。的确很美，大概真的让人向往。但康赭觉得，那些闪烁的银辉，挂在天空中的灯塔，上亿年前发光的、被无数人赐予了美丽名字的石头，如果没有被人用真诚的眼光注视着，那些一闪一闪的东西多么像一种求救信号啊。

仅仅是自己抬头看它们的一瞬间，它们就全部都不亮了。

3

汤于彗被学校催着回去，他便早做打算，尽快回去毕业。

离开的前一周，他在公司难免有些交接工作要忙，下班就比平常更晚了。而康赭在成都无所事事，干脆每天坐地铁送汤于彗上下班。

城市像钢筋森林一样，常给不习惯居住在这里的人牢笼般的感觉。无法自由自在地骑摩托车，没有马场，每天来回挤地铁的康赭让汤于彗觉得他也会成为其中的一部分。

但实际并没有。康赭在哪里，就会影响哪里的人群感官密度、空气的含水量、时间和光线的传递……

有一天，汤于彗好奇地问起康赭在成都的工作时，康赭只是懒洋洋地瞥了他一眼，随即很任性地道："不想去了。"

汤于彗茫然地问"为什么"，康赭露出很轻的笑容："每周跑一趟，太麻烦了，现在没有必要了。"

汤于彗周日就要离开，他已经提前办好了离职，原计划是和康赭多在成都待几天。但是一天早上，康赭突然接到家里打来的电话。

汤于彗很焦急地问情况。康赭挂了电话，沉默了一会儿后说他阿妈不小心从客栈的楼梯上摔下来了，人没什么大事，但他不放心，需要回家一趟。

汤于彗连忙点头，比康赭还急，催他赶紧收拾行李，快点回去。

事发突然，剩下几天汤于彗只能自己在公寓待着打发时间。

康赭没再说什么，汤于彗帮他收拾行李的速度快得惊人，他走的时候在玄关门口站了一会儿，突然回过了头，认真地看着汤于彗道："我回来送你。"

汤于彗垂下眼，很轻地道："好。"

康赭走了之后，汤于彗一时间也无处可去，便想起正好可以抽空去看看小加。

十三中离他住的地方不远，只有两个地铁站的距离。汤于彗来到学校的时候正好是中午，他把小加接出来吃饭，给他改善伙食。

小加在学校的人缘很好，收到老师的通知以后，还有一个男孩子专程把他送到了校门口，在确认小加不是被陌生人接走后，才对汤于彗淡淡地点点头离开了。

小加的全名叫加洋多吉，是一个很好听的藏族名字。但是汤于彗在当老师的时候叫他们的名字总是磕磕巴巴，又记不住藏语发音，就给每个人都取了一个小名。

当时康赭的反应是淡淡地挑了挑眉，但是孩子们都很喜欢这种亲切的叫法，就像把汤于彗当成了哥哥一样。

小加已经长得和汤于彗差不多高了，皮肤虽然黑黑的，但很英俊，眼睛很亮，是一个帅气的藏族大男孩了。

因为下午小加还要上课，汤于彗就没有带他去太远的地方吃饭，在学校旁边找了一家餐馆。小加虽然开朗了很多，但单独面对汤于彗的时候还是有点不好意思。

汤于彗怕他放不开，就自作主张地点了很多菜，笑着让他不要客气慢慢吃。

小加一开始还有些局促，但汤于彗始终很温和地和他聊关于学校的话题，聊着聊着，小加的话也多了起来，脸上始终洋溢着灿烂的笑容。

他是真的很开心能见到汤于彗。

汤于彗的心也仿佛一直被熨帖，在喝了一口汤之后，他放下碗时，突然听到小加道："鸽子。"

汤于彗愕然地看过去，小加的眼睛笑得眯了起来："我是鸽子了，汤老师。"

汤于彗怔怔地看着他，沉默了一会儿，才勉强咽回了那一点酸意，笑了笑道："是啊，一定会飞得很远。"

小加好像又觉得难为情，挠了挠头，埋下头喝汤了。

他穿了一件黑红色的运动外套，样式很好看，但是有点旧了，袖口都被磨得不成样子。

汤于彗隐约记得小加家里的条件好像不是很好，只有爷爷还在世，勉强和孙子两人支撑着过日子。老人家还来接过小加放学，站在教室门口握着汤于彗的手，生涩地用藏语一遍遍哽咽着说"谢谢"。

汤于彗踌躇了一会儿，露出了温柔的笑容："小加，你在学校过得怎么样？老师下午帮你请个假，带你去逛逛街好不好？不会很久，如果耽误你上课的话，我就周六再来接你。"

小加连忙放下手里的碗筷，急着道："不用了汤老师！不耽误，但我不用去逛街的！"

小加不好意思地垂下头，慢吞吞地道："汤老师，你是想给我买东西吧……真的不用！你走之后我才知道你把我之前欠的学费都交了，我都没有办法当面跟你说谢谢，哪能再要你的东西！"

汤于彗张了张嘴，还没说出话来，就听小加继续道："阿爷去世以后，我就被接到了阿赫哥哥他们家里。叔叔、阿姨对我都很好，阿赫哥哥也对我很好，我身上这件衣服就是他的，这些我都记得，也很感激，等我长大了一定会一点点地回报他们的。"

汤于彗沉默了一会儿，垂下眼睛，摸了摸小加的头，歉疚地道："对不起啊，老师不知道。"

小加却摆了摆手，眯起眼睛笑了："阿爷是去天上了，我不难过。再说都过了这么久了，我生活得很幸福，也没资格再难过的。"

"不过阿赫哥哥没跟汤老师说过这些吗？"小加奇怪地道，"我还以为你们一直在联系啊。"

汤于彗愣了愣："为什么这么说？"

小加睁大眼睛，无辜地眨了眨："因为连你在成都这件事，都是阿赫哥哥告诉我的啊。"

汤于彗茫然道："阿赫怎么会知道？"

小加比他还要惊讶，从书包里掏出一个旧手机，翻出一张截图给他看，恰好是他曾经的微信头像——

成都国际金融中心的巨大熊猫趴在好几层高的建筑上，露出一个圆融的屁股，要掉不掉的样子，像是努力地要往上爬。夕阳反射在商场的玻璃窗上，画面泛出一层温柔的橘光，像一个不够真实的童话世界。

"这是阿赫哥哥发给我的，"小加道，"这是汤老师的头像吧？

阿赭哥哥还问我哪里可以拍到这个角度的大熊猫。我们后来再遇到汤老师，难道不是因为阿赭哥哥找到你了吗？"

汤于彗愣愣地看着那张图片，大脑丧失了所有的思考功能，一句话都说不出来。

这怎么可能呢？汤于彗怔怔地想。

这比在这个有一千五百万人口的超级大城市偶遇到故人还要荒诞。

哪里能拍到这个角度的照片？

哪里都可以。春熙路半径不到十米的任何一个角落都有可能，而汤于彗甚至根本不住在那附近。在那个繁华熙攘到像是剪影组成的路口，多少游人与居民来来往往，像循逝的流水，每个人都不会被多记住一秒钟。

康赭就凭着这么一点微弱的信号就断定他在成都，然后找过来了吗？

汤于彗在心里摇了摇头，康赭根本不是这么有目的的人。

或许他什么都没想，只是配合自己的感受而行动。根本不知道汤于彗在哪里，也没想过要和汤于彗联系，甚至也不在乎能不能找到。

他既无来处也无归去。或许康赭什么都没有期望，但是真真正正地一点点靠近了汤于彗。

汤于彗来成都几个月，时间并不长，康赭寻找各种理由过来了多少次？有多少次漫无目的地走在那些对他并无意义的街道上？他会刻意用目光去寻找和汤于彗相似的人吗？

如果没有那天在便利店的偶遇，康赭还会来多少次？来多久？

持续到什么时候?遇到汤于彗会成为他一个很小的期望吗?他有没有那么一个时刻,会想发消息给汤于彗,问他在哪里?

小加有点焦急地看着汤于彗,担忧地道:"汤老师,你没事吧?"

汤于彗从怔然中醒过来,下意识地点了点头。

他望向窗外,恍惚间透过日光回到那个昏昏沉沉的下午,便利店清冷的白炽梦境下。

那里的时间是暗淡的,光影是沙哑的,所有人都面孔模糊,只有那重逢,清晰而难忘。

汤于彗想起,康赫当时看了他很久。所有的一切都在变慢,包括他的眼睛。而康赫当时只很轻地对他说了一句话:"真的是你啊。"

4

早上闹钟响了第三遍的时候,汤于彗伸长手,费力地按掉提醒,揉了揉眼睛,终于从床上坐了起来。

温柔懒顿的阳光斜斜地穿过窗户,打在浅蓝色的被子上。

汤于彗坐起来,毫无目的地发了一会儿呆,又缓缓地闭上了眼睛。

"嘟嘟嘟——"

手机铃声突兀地在房间响起,汤于彗猛地睁开眼睛,难以置信自己居然又睡着了,他用力地揉了揉眼,连忙伸长手把手机拿过来:"喂……"

那边沉默了几秒,接着康赫沉沉的声音才传了过来:"还没起来?"

汤于彗莫名一噎，用力地咳了一声，尽可能中气十足地道："起了。"

大概是错觉，汤于彗仿佛听到康赫笑了一下，不过那一声很短促，又隔着通话间的杂音，汤于彗觉得自己应该是听错了，正想再开口的时候康赫却道："起了就收拾一下吧，我也快到了。"

汤于彗很乖地拖长音说"好"，康赫"嗯"了一声，接着两个人突然都沉默了下来。

自从在小加那里知道康赫来成都的事后，汤于彗就觉得自己每天都活在一种不真实的梦境里，无由地像最初那样开始忐忑和紧张。

他正要再开口，康赫突然开口叫了一声他的名字。

本来就低哑的嗓音经过电磁信号的两次变化，听起来好像真的和平时不一样很多——

"汤于彗。"

汤于彗垂下眼，很轻地"嗯"了一声，问："怎么了？"

这次那一声短暂的笑声被汤于彗真真实实地听见了。康赫确实是很轻地笑了，那一声低沉又短促，却仿佛含着包容的无奈一样。

他说："一会儿见。"

汤于彗的手心迅速地升温，他毫无意义地"啊"了一声，又连忙慌乱地补救道："好……"

电话那头的康赫把手机拿得远了一些，学着汤于彗刚刚才睡醒时拖长音的语气，慢吞吞地道："好——"

挂了电话后，汤于彗愣愣地在床上坐了五分钟，然后才仿佛回过神一样，猛地张大眼，难以置信地想道：康赫刚刚是在学自己说话吗？

汤于彗颇觉得新奇，刚刚才被捋平的被子又被团成乱七八糟的一坨，中间则有一个把自己整个埋进去的人。毫无意义地在被子中间又呼吸了五分钟，汤于彗才蒙蒙地爬出来，依依不舍地下了床。

回北京的所有行李昨天晚上就收拾好了，汤于彗洗漱完吃过早饭后，看时间还充裕，又把房间打扫了一遍。房东这周不在成都，但和汤于彗的关系一直还不错，也很相信他，之前说他把房子收拾好之后就可以直接离开了。

汤于彗刚拖完最后一遍地，门铃就响了，他连忙放下手上的东西小跑到玄关处，吸了一口气之后才打开门。

康赪手上拎着一个早点摊的袋子，直直地看着汤于彗，沉默地站在门口。他穿着一件黑色的连帽外套，腿还是一向长得没有天理，此时裹在一双长靴里，显得又直又好看。

不知道为什么，汤于彗觉得今天的康赪好像格外英俊。康赪长得好看他是一直明白的，但是他以为自己早已经在外形上免疫了这一点，却不知道隔了这么多年，自己竟然还会在见到这个人的时候，就被吸引住。

康赪没有急着进门，而是看了汤于彗好一会儿，才很轻地弯了一下眼睛："我来早了？"

汤于彗顿时低下头，很小声地道："没有，我还没打算出门。"

康赪点了点头，冲他笑了笑："那再进去坐一会儿吧。"

进了客厅之后，康赪看汤于彗已经吃过早饭，就拿出手机看了看时间。

汤于彗最后被康赪勒令拎着早点袋子，而康赪则背起汤于彗的包，拖着行李箱走了出去。

出了电梯后有一节不长不短的楼梯，汤于彗负重基本为零，觉得有点不好意思，想自己把箱子搬下去，结果被康赭扫了一眼，只能乖乖地放弃了。

等走出单元门后，汤于彗才发现康赭居然是开车过来的。

汤于彗的飞机是中午的，现在尚算时间充裕，这意味着康赭必定是在凌晨天还没有亮的时候就从康定出发，才能在现在赶到。

"愣着干什么？"康赭看汤于彗呆呆地站在原地，叫了他一声，"哦，对，你是不是没坐过我的车？"

岂止没坐过，这辆纯黑的越野车，汤于彗好像连见都没见过。

康赭缓缓地发动车子，难得地对汤于彗解释道："我平时不怎么开车，骑摩托车其实更方便，远程的话坐公共交通反而没有那么累。"

汤于彗点点头，康赭一手握着方向盘，另一只手伸过去，递给汤于彗那个熟悉的袋子："你想睡的话再睡会儿吧，反正还有一段路。饿了的话就把豆浆喝了，煎饼应该冷了，就放在那儿吧。"

汤于彗摇了摇头："我不困，也不怎么饿。"但他还是乖乖地拿出了豆浆，一口一口地把它喝完了。

去机场大概用了一个小时，汤于彗最后还是睡着了。他在温度适宜的车内看着窗外不断倒退的风景，最终难以控制地合上了眼。

登机的时间不算太充裕，康赭陪着汤于彗走到了安检口，汤于彗低着头把行李箱拿过来，康赭也放下包递给他。

汤于彗静静地站在原地，没有往里走。

他不知道说什么，倒是康赭笑了一下："我好像总是在送你走。"

几乎是一瞬间，汤于彗就感觉自己的眼前模糊了起来。他用力地把那一点湿意眨回去，觉得自己实在是很没用，为什么还是会因为这样一句话而想哭。

康赫往前走了一步，很轻地拍了一下汤于彗的肩膀，又很快地把手放下了。他的眼角轻轻巧巧地弯了一下，笑着道："我是不会在机场煽情的，我觉得你应该也不喜欢。"

汤于彗点了点头。康赫拉起他的手，在他的掌心放了一枚东西。

汤于彗觉得那东西冰冰凉凉的，正想要看，康赫又重新把他的手合上了，想了很久之后道："所以要记得回来。"

康赫的手松开后，汤于彗垂下眼睛，摊开了手掌，看清了掌心里放着的东西。

是一把钥匙。

这一把钥匙汤于彗很熟悉，因为他在临走的时候放在了玄关的鞋柜上。

那是汤于彗租住的那间公寓的钥匙。

康赫看着汤于彗道："我买下来了。"

汤于彗呆愣着，难以置信地看着他。康赫笑着道："怎么了，你不会是今天才知道我其实经济条件还不错？"

汤于彗还是傻傻地站着，眼睛大大地睁着，好像不知道该怎么说话了。

康赫叹了口气道："不过肯定没有汤博士有钱。"

仿佛终于反应了过来，汤于彗愣愣地看着自己的掌心，还是一个字都说不出来。

他的眼眶有一点湿意，有什么东西从脸颊滑过。过了一会儿，

253

他咧开嘴笑了。

康赭没有再说什么。他缓缓地摸了摸汤于彗的头，又慢慢地对他笑了笑。像一抹停泊在炙日下的云影缓缓移过山坡，汤于彗最后暴露在了一片如日光晴暖一样的温柔中。

那温柔带着康赭的颜色，仍然是暗淡、晦涩的，并不多么亮，但是很静，落在汤于彗的耳边时，只有平平淡淡的几个字："别哭了，走吧。"

5

六月初夏，芒种已过，夏至还有几天。

北京已经很热了，让人烦躁。

夏天不是属于北京的季节。春天的北京葱茏，青涩；秋冬让它慢和老去，充满缱绻的味道；但是夏天却没有什么特别的。

在过去的几年里，现下的时间段对于汤于彗来说，只是实验室的冷气，宿舍吱吱呀呀的电扇，总是晒不黑的皮肤，无止境的林荫蝉鸣和日复一日的平静漫长。

但是这个六月不一样，因为他要走了。

严格来说，北京是汤于彗除了童年以外，待得最久的地方。

汤于彗把东西割割舍舍，还是攒满了三个巨大的箱子。

柯宁还没有毕业，现在正是最忙的时候，宿舍里常常只有汤于彗一个人。他就自己怀着怀念的心情在这个生活了快六年的房间里，度过了最后的一段日子。

最后一天，汤于彗终于逮到好不容易有空闲的柯宁，请他吃最后一顿饭。

汤于彗的朋友不多，想来想去，最后有必要再见一面的，竟然只有柯宁。

吃饭的氛围很好，倒是没什么离别的感觉。汤于彗本来想不打招呼就走，思考了一会儿后，还是觉得应该告诉柯宁。

"柯宁，我明天就走了，回四川了。"

汤于彗等着柯宁的反应，没想到他的重点却完全和自己想的不一样。

柯宁坐在火锅的对面，被一片麻辣牛肉辣得吱哇乱叫，闻言龇牙咧嘴地笑了笑，眯起眼睛道："回？汤汤，你在四川待的时间总共还没有一年吧？"

汤于彗一愣，柯宁调侃似的耸耸肩："好啦，知道有好朋友在那儿，以后富贵了可不要忘记我们这些同门。"

汤于彗被他逗得也笑了起来，摇了摇头道："什么乱七八糟的。"

柯宁给他挑了一片青菜在碗里，眨了眨眼："我说得不对吗？你放心啦，等我忙完手头上的活儿就去成都看你。不过大概得明年了……"

汤于彗不客气地把最后一片沾满辣椒的牛肉扔进柯宁碗里："吃你的吧，有时间来再说，我带领朋友夹道欢迎。"

柯宁随意地摆摆手："请汤博士务必记得今天的话，最好在机场拉个条幅。"

说是忙得不行，但汤于彗走的当天，柯宁还是艰难地挤出了时间，去机场送他。

汤于彗大部分的行李都寄到了成都的公寓，随身带的只有一个

255

小小的行李箱。

等到了安检口，柯宁和汤于彗都站在原地。汤于彗没有急着进去，很认真地看着自己的好朋友。

柯宁走上前去抱了抱他，声音低低的，但是很清晰地传递过来："我一点也不伤心，汤汤。因为我知道，你去的是你想去的地方。只要有这一点，我就一点都不觉得可惜，和你分开也不难过。"

汤于彗笑着拍了拍他的背："我知道。"

柯宁抬起头，眼圈微红，但还是笑着的。他对汤于彗挥了挥手："拜拜汤汤，祝你快乐。"

汤于彗也用力地对他挥手道："拜拜柯宁，成都再见。"

四个小时的机程，在汤于彗因为各种比赛和出差所坐过的航班里，实在不算长。但他觉得两千多千米的距离比任何一个时刻都更清晰地超越了度量的意义，足以让人很用心地去记得。

飞机落地的一瞬间，滑行的轰鸣声响起，汤于彗才发现原来自己一直在等待这一时刻。

安静的等是等，雀跃的等也是等，这种等待的声音又深又久，一点一点地浸满他平凡的时间，把期待的情绪填满在心里。

汤于彗特意用了能登机的小箱子，因为不想让康赫等得太久。所以最后他只比预计的落地时间晚了十几分钟，就见到了站在外面等他的人。

可能是在高原生活的人都有防晒的习惯，汤于彗从来没有见过康赫只穿一件衣服待在室外的样子。

但是今天康赫穿了一件白色衬衫，下面是一条黑色的裤子，头发长了一点,立在电梯前面垂着眼看手机,像一个在机场拍照的男模。

汤于彗拉着箱子,只往前走了几步,康赭就如有所感地抬起头。

在汤于彗的感官里,康赭总是暗的,他周围的光都被吸收,然后褪去。不知道康赭看他的时候,是否也有这种感觉。

机场繁忙熙攘,聚散的剪影来来往往,没有人注意到这一刻,有人重新相遇上万次。

汤于彗想,康赭是永恒的,仿佛从有宇宙之初就有了他。

他真的不会改变,永远宁静地站在那里,每次重逢之时都有一见如故的感觉。

最后还是康赭先笑了。他阔步向汤于彗走来,轻轻地拿过他手上的行李。

汤于彗也抬起了头,对康赭笑了笑。

陌生的视线仍然存在,不少都聚集在这里,但是他们的世界是宁静的。

康赭把行李箱放在后备厢里,汤于彗坐上副驾驶,等康赭坐回来关上门之后,他就像倦鸟归巢一样,把头靠在了车窗上。

在回程的道路上,汤于彗感觉到四川阴郁的阳光像灰尘一样罩在自己身上,静静地铺满了自己沉静的心间,让所有的思绪都重新染上山山水水的味道。

他一直沉默着,康赭也是,尽管不怎么说话,却有静谧的安心萦绕在两人之间。

等到停好了车,进到公寓的单元门,电梯攀升至顶层,汤于彗如潮汐一样起伏的情绪才平静了下来。

这是一栋打开门就能看见雪山的公寓。汤于彗在车上已经看见了，是天空欢迎他回来的赠礼。

康赭沉默地站在门口，递给汤于彗一把全新的钥匙，淡淡地笑了笑道："请吧，汤博士。"

汤于彗怔然地接过，打开了门，突然问道："你是因为去接我才穿得像正装一样吗？"

"像？"康赭挑了挑眉，回过身把门关上，"这已经是我最正式的打扮了。欢迎汤博士莅临鄙省，这还不够具有仪式感吗？"

汤于彗笑得眯起了眼："哪来的仪式？"

康赭没说话，带着他走到客厅巨大的落地窗前，把白色的窗帘用力地向两边拉开了——

洁白的雪山像一道高耸的风景线，贡嘎静静地披上金色的天光，温和地凝视着他们。

"现在觉得感动了吗？"

汤于彗眨眨眼，强行否认道："还好吧。你们欢迎游子回家都是这样吗？"

康赭无所谓地道："不知道，没被欢迎过。"

汤于彗还是不说话，弯着眼睛看他。康赭也笑，过了一会儿，他忽然认真地对汤于彗道："明天和我一起回去吧，回康定一趟，怎么样？"

汤于彗一怔，过了一会儿道："为什么突然想回去？"

康赭坐下来，沉然地看着他的眼睛："应该回去的，你不这样想吗？"

他笑了笑："也不用太麻烦，就只是去看看我阿爸、阿妈，他们也挺挂念你的，你觉得怎么样？"

安静一会儿之后，汤于彗轻轻地点了点头。

他怕康赫开车太累，坚持买了机票，和他第二天一起回去。

康父开着车来机场接他们，一见到汤于彗就高兴得一把抱住了他，把他上上下下来来回回地打量了好几遍，最后又笑着拍了拍他的肩膀。

康母在家做好了菜等他们。吃完饭后，康赫说还是住在客栈里方便，陪康父喝了几杯酒后，就骑着摩托车载汤于彗离开了，约好明天再过来。

康父、康母都十分坚持地要汤于彗再多玩几天，汤于彗在席间磕磕巴巴的不知道怎么说，还是康赫说他过两天就要上班，明天还想再去学校看看。

时隔多年，汤于彗又重新坐在了康赫的摩托车后座上。

他像许多年前一样，安静地坐着，轻轻地问："你觉得叔叔、阿姨对你的选择会不会感到遗憾？"

康赫道："我觉得我阿爸并不会，我阿妈会觉得寂寞吧，但我想他们最终都会为你回来而感到高兴。"

过了一会儿，康赫的声音又从前方传来："他们很喜欢你，你是被这里爱着的小孩。"

汤于彗"嗯"了一声，轻轻地道："我知道。我也很爱这里。"

康赫没再说话，直到把车停在客栈前面，他才让汤于彗下来。

不知道为什么，两个人都没有开口说话，沉默地并行走上楼梯，走上天台，走到星空下。

康赪的身影笼罩在上面,他像是为汤于彗铺开了一片灿烂的星空,骄傲又坦率地展示着属于他的夜晚。康赪的背后凝聚着繁星,而他认真又沉甸甸地看着汤于彗道:"刚才那种话,要对着康定的星空说。"

汤于彗仰起头,弯着眼睛笑了,仿佛此刻全世界的星星都为他而亮。

他温和地对康赪说道:"好,我明白了。"

第二天清晨,康赪陪着汤于彗再去了一趟学校。汤于彗很是欣慰,因为他发现学校再次重建过了,甚至还在操场上铺上跑道,教学楼也变成了两层,但那个旗杆还和两年前一样高高地伫立着。

汤于彗在离开之前去看了一眼,旗台上面有一块不明显的刻痕,上面写着捐赠人:康赪。下面是一串藏文。

汤于彗轻轻地用掌心抚了抚那个凹陷下去的名字,心里是一片如潺流的宁静水声。

因为汤于彗明天就要去入职上班,康赪只能和他今天就走。他们再次去了康赪的家里,和康父康母吃了午饭,然后康赪就骑着摩托车,载着汤于彗往机场去了。

天边的云长长久久地缀在那里,在山坡的更远处,就像天空的巢、岛屿、湖泊,只有星光吻它。

汤于彗一直知道自己爱这里,也会永远爱下去,尽管此刻自己正与它们一点一滴地告别。

坐上飞机后,汤于彗想起了自己来康定的第一天,他满身伤痕,精神恍惚,脆弱得不堪一击。那些细节他都不记得了,但是他知道,自己在颠簸中被震醒时,第一眼看到的就是这些团聚在雪山

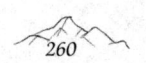

上的白色岛屿。

  他们从气流层洁白的云间穿过，那些团团散散像羊毛一样的云，变成了天空稀薄的血液，慢慢地被穿透、经过，再重新流为苍穹的涟漪，化进天空的命脉里。

  汤于彗愣愣地看着窗外的一隅洁白，康赭在这时转过了头，静了片刻，向他一点点地靠过来——

  汤于彗把手掌贴在机舱的窗户上，隔着一层玻璃，和康赭一起静静地看着外面。

  大气仿佛化为虚质，在天空中流转成无形的时光，再缓缓地一点点地变成梦想。

  康赭就坐在一旁，汤于彗一抬头就能看到。

番外 来看我时请带一枝格桑花

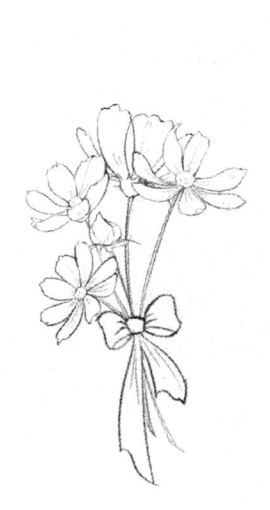

"为什么要让我来讲？"康赭拿起盘子里的一瓣橘子，"放着一个博士在那里不用，让高中肄业的打工人上讲台，学校就是教你们这样浪费社会资源的？"

汤于彗无语地看着他，过了好半天没办法地笑了："可是你是捐赠人，这不是理所应当的吗？"

"让给你了。"康赭无所谓地道，"我宣布，从此刻开始，本人的代言权交由汤博士全权负责。"

汤于彗被噎了一下，顿了顿，无可奈何地道："那起码开学典礼你得来吧？小杨说想做一期报道，捐赠人总得在现场配合。"

茶几上只剩最后一瓣橘子，康赭在沙发上坐直，伸长手，正要开口，不料汤于彗见他嘴唇刚动，便立即打断道："是好事，你自己也知道的吧。"

康赭面无表情，汤于彗拿走最后一瓣橘子，蹲在他面前笑了，坚决地道："必须来。"

九月一日，呷巴乡希望小学的建成仪式与开学典礼在风雪中如期举行。

汤于彗好久没有回来，错误估计了自己的抗冻水平，想起收拾行李的时候康赭似笑非笑地看着他，就觉得这个人真的是完全没变。

然而康赫挑着眉,从自己的背包中拿出一件冲锋外套,顺手递给汤于彗。汤于彗接过来,心情复杂地穿上,好像也只能沉默地闭嘴。

学校整体不大,除了有个还算宽阔的操场,看上去就像一栋稍大一些的民居。

但这也没办法,因为学校基本上算建在了大山的最深处,常住人口本来就不多,再往前走个几十千米,镇上也有小学,因此学校建成第一年,学生也就招到了二十几个人。

但汤于彗已经十分庆幸了,因为他知道,如果没有这所学校,这二十几个孩子想必永远也不会想到要去读书吧。

康赫站在一排孩子面前,更显得高大,他有着和他们相似的五官特征,每当这时汤于彗才会意识到,康赫也是从这些群山中走出来的,可他走出来的方式比周围人都幸运太多。

康赫自己也知道这样,因此此刻他才会站在这里。

汤于彗很喜欢和康赫一起回到康定,回到甘孜,回到川西,哪怕不是在他辞职回来当老师的空白期,汤于彗也很喜欢回来看看。

汤于彗说不出来,但此时站在这片土地上,他能够听到风声。

在场的除了康赫和汤于彗,还有高原反应后在路边吐得昏天黑地、此时还蔫着的小杨。

汤于彗看着颇为同情,也怕孩子们在外面待太久了会冷,迅速组织大家在操场上列队站好。

小杨是小了汤于彗好几届的学弟,和柯宁关系一直还算不错,汤于彗对他印象并不深,但是有一天柯宁打电话叮嘱他去双流机场接人。

汤于彗莫名其妙，后来发现这位学弟确实是追着自己而来，但不是为了什么学长、学弟的同学友谊，而是汤于彗支教老师的身份。

小杨听说汤于彗的朋友组织了一项慈善活动，在偏僻的川西高原建立了一所学校，而当年闻名全校的汤学长要正式去这所学校担任老师，可能会待好几年。

小杨想知道为什么，又觉得实在是一件很棒的事，无论如何也想把这件事记录下来。

他有一些理想主义，心想着把它传递出去，或许能给这个世界带来一些好的改变。然而事实却出乎小杨的预料，汤于彗告知他，自己不过是在重操旧业。

"旧业？"小杨愣住了，有些茫然地问道，"这就是你的旧业吗？"

话音刚落，小杨便觉得极其不礼貌，正要改口，没想到汤于彗却弯起眼笑了。

小杨一时呆住了，汤于彗端起一杯冒着热气的茶，眉眼在氤氲的水汽间变得淡然又温和，小杨觉得自己说不出话来，但他记得从前学长不是这样的。

汤于彗的嘴角提起，眼睛里含着明亮的笑意："你怎么和我朋友的反应一模一样。"

小杨一顿，试探着问："……就是捐助了这所学校的朋友吗？"

汤于彗的笑容更深，点点头道："嗯，他说'你把这当作旧业，我好像能听见几千千米外你老师的哭声了'。"

小杨："……"

汤于彗放下茶杯，神色平静地看着小杨。

初见聊了几句之后，他发现这是个有些理想化，但本质非常善良的孩子，而他喜欢所有善良的人。同时，一想到还算是故人，汤于彗便更加耐心了些，他解释道："可能没有你想得那么伟大，我只是没想好下一步该做什么，又不想浪费时间，便想做一些对这个世界有益的好事。但我想我最终还是会回到我擅长的领域，因为这是我最能发挥价值的地方。"

汤于彗停顿了一下，笑了笑道："我长这么大，活到了一些人可能永远没有办法达到人生阶段，我不想把我学会的东西忘掉，也觉得没有资格浪费这世界上许多人失去了却发生在我身上的可能性，我得为他们做些什么。"

小杨心里重重地一震，但是他没有办法说出来那是什么，只能喃喃地道："汤学长……"

汤于彗的神色平静又温和，他脸上的笑容依旧很漂亮，一如从前，却不再像象牙塔里的那样悬挂在上，变成了更加柔软的、有温度又有力量的东西。

汤于彗见小杨一直盯着他，有些不好意思地道："这也是我过了很多很多年才明白的道理，而且也不是我想明白的，是我从一个人身上学会的。"

雪山下的小学操场上，小杨被高原反应折磨得头重脚轻，迷迷糊糊间，他看到一个个子挺拔的男人站在汤于彗旁边，漫不经心地配合他让小朋友们列队。

四周的格桑花开满山坡，迎风绽放。

小杨想起汤于彗告诉他的话，不知道为什么露出了笑容。

由于人不多，两排队伍迅速站好，小杨举起相机，正要按下快门，却注意到了什么。

一个又矮又瘦的小女孩瑟缩在后排角落，想必是在排队时没有站到前面，队伍都已经立定了，马上就要拍照，小女孩见从城里来的大哥哥已经举起了一个黑乎乎的东西，顿时不敢往前凑了。

这里的孩子就是这样，最怕的事就是给人添麻烦。

小杨透过镜头，只能看见小女孩的一个头顶，正要开口，小女孩却发现自己还是被人看到了，顿时紧张起来，有些无措地站在原地。

小杨正想要走上前去调整队伍，忽然看见站在汤于彗旁边的那个高大男人弯下腰将小女孩抱了起来。

小杨死机了半天的脑袋霎时清明——他突然就想起来了，这个男人叫康赭，汤于彗给他介绍过的，是自己的藏族朋友，也是这所学校的捐助人。

小女孩忽然被抱起，一瞬间显得有些茫然，小杨见康赭似乎是用藏语和小女孩说了什么，小女孩明明还是一副搞不清楚状况的样子，但是对着他笑了。

小杨见康赭抱着一个小女孩，神色轻松，顿时猜出这个藏族男人的力气大概不小，只是因为他的动作很绅士，让人不自觉地忽略了这一点。

康赭只是轻轻地环住小女孩的胳膊，避免让她觉得不舒服。

来参加开学典礼的还有几个陪同而行的领导，而距离小杨喊完"三二一，茄子"已经过去很久了。

眼见现场所有的人都将视线投了过来，康赭表情淡淡的，笑了笑说道:"不好意思,拍吧。"

当晚汤于彗拿着手机凑到康赭面前,咳了一声后道:"小杨把照片发给我了,拍得还挺好看的。"

康赭扫过视线,随口道:"这张不能用吧。"

汤于彗看了他一眼,收起手机:"你也知道啊,我看小杨都打算开口了,可能想列队重拍吧,但你眼神太凶了,结果没一个人敢上前。"

康赭想了想,觉得汤于彗夸大其词,但又没有证据可辩解,便懒懒地道:"无所谓了,我看小不点们都挺开心的,这样就行了。"

因为不够严肃,也因为康赭的外形太显眼出众,这张抱着小女孩的大合照不宜出现在正式的报道上,因此封面换成了汤于彗讲课时的抓拍。

但是,这张照片被贴在了教室的后门上,放在了汤于彗床头的相框里。多年之后,还出现在了一位藏族新娘的婚礼上。

照片是扫描件,周边已经有些泛黄了,被放大在洁白婚礼殿堂的投影屏幕上,看上去像是要讲述一个苍老而陈旧的故事。

但事实却非如此,照片上,荒芜的高原上,一座平房小学屹立在雪山下,红旗飘扬在所有人的头顶,画面里一共二十六个人,每一个人脸上都挂着灿烂的笑容。

在这二十六个笑着的人中,包括当时被举起来的女孩。她干净的眼睛有些怯缩地看着镜头,但是嘴角却是甜甜地向上弯起的。

时过境迁,当年拍照时不敢站在前排的小女孩走出大山,走到镇上，走到城里，走进大学。而最终，她又回到家乡，挽着爱人，在雪山的注视下完成终身大事。

在热情而哄闹的婚礼现场，梅朵感觉到一种永恒的、与这里始终血脉相连的幸福。

当年的小女孩已经变成独立又坚强的女性，她再也不会害怕站在人群之前，也不再害怕寒冷、风雨和人生未曾到来的坎坷。

但是在此刻，她想起一些画面，感觉自己还是哭了。

站在照片中央的两个人，今天都没能出席婚礼。无论是曾经坐在最后一排听课的大哥哥"同学"，还是教导自己变得勇敢而强大的老师。实际上梅朵也不知道他们现在去了哪里。她曾试着给汤于彗多年以前留下的邮箱发送请束，但是并未收到回复。

可是梅朵相信，他们应该在很远的地方，过着想要的、美好的生活。

因为他们都是那么那么好的人。

婚礼仪式在黄昏到来前结束，走出殿堂，梅朵却坚持要求新郎将她抱上马。

爱人是个不懂藏俗的年轻小伙儿，在众人的注视下，有些不好意思地问："为什么要抱上来？"

梅朵带着笑，望了他一眼："这就是我们的传统，怎么，你不愿意吗？"

"怎么可能不愿意？"新郎笑得宠溺又无奈，将梅朵抱上马，"原来还有这个传统啊……我真的很喜欢藏族的婚礼，以前从来没有想过，但让人感觉非常热闹，非常幸福。"

梅朵弯起眼睛,漫不经心地回答:"是啊,我以前也没想过。"

这时候,一个身着伴娘服的藏族姑娘从旁边匆匆跑了过来。梅朵刚刚被新郎抱上马,脸含笑意,怀中突然被砸了一捧熟悉的东西。

花朵开得娇嫩,仿佛蕴含着无限生命。格桑花是藏区最常见的一种野花,因为颜色过于明艳,所以不适合作为婚礼的手捧花。但此时它被红装金裹的藏族新娘抱在怀中,绽放出了世上最生动的情感。

夕阳将雪山染成金色,将幸福染成新娘脸上的红晕。梅朵怔怔地看着怀中突然出现的花束,想起了一张模糊的面庞。

新鲜明亮的花朵被一段草茎粗率地捆着,花梗还带着湿意,一看就是刚刚采摘而来。

跑得气喘吁吁的伴娘望着梅朵,说不出话。

她们脸上是同样的表情,因为她们曾来自同一个地方,共享一间教室,一位老师,一张照片。

伴娘的眼眶红红的,脸上却挂着令夕阳都黯然失色的灿烂笑容。她对梅朵说:"这是留在婚礼大堂的,之前都没有,我刚刚回去拿东西,然后才看见。"

周围的人略带诧异地看着这突如其来的插曲,似乎不解这一束普通的花何以让新娘看这么久。

梅朵将脸埋在花束里,深深地吸了一口气,然后将它紧紧地抱在怀里,用另一只手轻轻地牵住了新郎。

新郎会意,牵起马绳,载着自己美丽的新娘,慢慢地一步步朝雪山走去。

草原的风从过去吹到现在,永不停歇,永远流淌。

图书在版编目（CIP）数据

逐云墓场 / 今天全没月光著. — 武汉：长江出版社，2023.8
ISBN 978-7-5492-8935-6

Ⅰ.①逐… Ⅱ.①今… Ⅲ.①长篇小说－中国－当代
Ⅳ.①I247.5

中国国家版本馆 CIP 数据核字 (2023) 第 125940 号

逐云墓场 / 今天全没月光　著

出　　版	长江出版社
	（武汉市解放大道1863号 邮政编码：430010）
市场发行	长江出版社发行部
网　　址	http://www.cjpress.com.cn
责任编辑	罗紫晨
印　　刷	三河市金元印装有限公司
版　　次	2023年8月第1版
印　　次	2023年8月第1次印刷
开　　本	880mm×1230mm 1/32
印　　张	8.75
字　　数	200千字
书　　号	ISBN 978-7-5492-8935-6
定　　价	49.80元

版权所有，翻版必究。如有质量问题，请联系本社退换。
电话：027-82926557（总编室） 027-82926806（市场营销部）